爱若旦辰·曦

夏桐 著

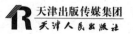

天津出版传媒集团

天津人民出版社

图书在版编目（ＣＩＰ）数据

爱若晨曦 / 夏桐著. -- 天津 ：天津人民出版社，
2017.4（2020.3重印）
　　ISBN 978-7-201-11532-0-01

　　Ⅰ．①爱… Ⅱ．①夏… Ⅲ．①中篇小说－中国－当代
Ⅳ．①I247.5

中国版本图书馆CIP数据核字(2017)第206669号

爱若晨曦
AI RUO CHENXI
夏桐 著

出　　版	天津人民出版社
出 版 人	刘　庆
地　　址	天津市和平区西康路35号康岳大厦
邮政编码	300051
邮购电话	（022）23332469
网　　址	http://www.tjrmcbs.com
电子信箱	reader@tjrmcbs.com

责任编辑	玮丽斯
特约编辑	袁　卫
装帧设计	齐晓婷
责任校对	曾乐文

制版印刷	三河市华东印刷有限公司印刷
经　　销	新华书店
开　　本	660毫米×960毫米　1/16
印　　张	16
字　　数	163千字
版权印次	2017年4月第1版　2020年3月第2次印刷
定　　价	42.80元

目录

目录

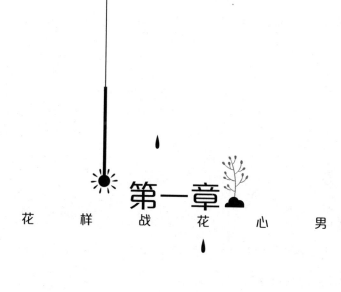

第一章

花　样　战　花　心　男

"嘀嘀。"

论坛上的消息提示音突然响起，让趴在桌子上休息的沈晨曦一个激灵坐起来。她连忙打开网页，点击消息提示框，果然看到了那个头像是个满脸横肉的男生发过来的消息。

男生的论坛名字就是自己的真实名字，李司白，虽然只比大文豪李白多了一个字，自身的才学却与伟人有着云泥之差、天壤之别。

这不，向来高傲自大、目中无人的李司白发来了一张自己的照片，附上的文字也让人感觉肉麻甚至恶心，上面写着："我想，我遇到你就是遇到爱情了。只要我有，不需要你开口要，我都给你。"

沈晨曦看到这样的文字，只能翻翻白眼。

如果不是因为有工作在身，以她的性子早就想都不想摔掉键盘，然后连网页都不关直接点击关机按钮了。

让你恶心我！

可是现实摆在眼前，她这个不足七尺的女娇娥，不仅要为五斗米折腰，更要为了内心的不满和不公，忍受着这让人作呕的话语。

说多了都是泪，想想也真是让人心碎。

沈晨曦抿抿唇，拿起右手边的Hello Kitty水杯，一口气喝下去半杯，然后定睛看着李司白的照片。看了半晌，她才惜字如金地用白皙纤长的手指在键盘上简单地按下几个字母，拼成一句话：人家什么都不要，人家只要你。

沈晨曦按下回车键后，发愣了良久。也许就算是自己出现在自己面前，然后说这些肉麻的话，都会被恶心到吐吧。

可是电脑屏幕对面的李司白好像并不嫌弃，附了个笑脸，秒回过来一句话："好嘞，那你等我，等我处理好和烦人精的事情后就来找你。"

好！就是现在！

沈晨曦一拍大腿，心里大声叫好，以迅雷不及掩耳之势按下截图快捷键，将自己和李司白的对话截图，然后点开QQ，在好友搜索框里输入于婷婷的名字。

可是，满怀欣喜得到的结果却是，查无此人。

不会啊！沈晨曦心里纳闷，思忖良久，突然像是想起什么，把鼠标挪回搜索框，重新输入"花心男女友"。

果然，与于婷婷聊天的对话框出现在搜索区域。沈晨曦连忙打开，在输入框内选择粘贴图片，然后飞快地按下回车键。

她等了许久，却仍旧没有收到于婷婷的回复。

明明显示在线啊，难道人不在电脑旁？沈晨曦心里如是想。

她等得实在无聊，重新返回论坛主页，点击刷新。

然而让她万万没想到的是，于婷婷之所以没有时间回复她，是因为她正和李司白在论坛的公众页面上互相留言，互相伤害！

于婷婷："李司白，你这个忘恩负义的负心汉！你说谁是烦人精？"

那李司白也是个怪胎，看到自己花心的"罪证"被曝光，竟然不觉得奇怪，反而和于婷婷在论坛上公开闹得轰轰烈烈。

李司白："我就是说你，怎么样？"

于婷婷毒舌诅咒："你这样吃着碗里的看着锅里的，想要脚踩两只船的人活该被骗。"

李司白厚颜无耻地反击："我乐意！人家就是长得比你美，不服你咬我啊！"

……

沈晨曦一直在看他们两人反目成仇的过程，终于深刻体会到"臭味相投"这个成语的意思。

让她郁闷的是，于婷婷，你战花心男就战花心男吧，干什么狗急跳墙，连她这个功臣也骂啊！

妹子，我明明是在帮你看透花心男的真面目，你咋还狗咬吕洞宾，不识好人心呢！

沈晨曦刚想要这样回复，可是刷新网页时却发现对方的账号在前几秒刚刚注销，帖子也被删除。她垂下头，虽然平白无故地被人骂了，不过还好自己的工作完成了。

沈晨曦连忙从牛仔裤的口袋里掏出自己新买的手机，打开微信，然后找到学妹徐小小，把刚刚整件事的经过都告诉了徐小小，末了还不忘发过去一个笑脸的表情，顺便加上一句："学妹，任务已完成，请确认！"

等收到学妹徐小小发来的赞扬和支付红包，沈晨曦才会心一笑，关掉电脑，揉了揉酸疼的眼睛，顺手拿起电脑桌上的眼药水，然后趴在了电脑桌上准备午间小憩。

临近毕业，同学们也都早已去申请实习或者准备考研，更有甚者想要日后回家"啃老"。沈晨曦却"不务正业"地以"拯救失恋女"为旗号，开了一家名为"血型诊所"的网站。

这"血型诊所"表面上听着有些神秘，让人捉摸不透，其实不过是她自建的一个帮助失恋女生的小型情感网站。

沈晨曦主要接收的业务有两种：其一，讨伐前男友；其二，倒追潜力男。不过说实话，沈晨曦也承认，这两项业务最初确定的时候，她也的确暗藏私心。

徐小小是沈晨曦接待的第一位顾客。许是当时着急，徐小小连着加了五六次沈晨曦的QQ好友。因为是第一个顾客，所以沈晨曦也对这首份工作充满幻想与期待，"处心积虑"，万事据悉。

沈晨曦把徐小小约到了云间书吧，想要面对面地和徐小小交谈，以更深层次地了解自己的第一位客户。

沈晨曦还记得自己最初和徐小小这样提议的时候，徐小小想都没想地就回复给她一个"不"字。

而等沈晨曦软磨硬泡了半天，获知的原因却是徐小小害羞！

沈晨曦只感觉心里有一群羊驼在奔腾。同样是女生，有什么可害羞的？更何况讳疾忌医的故事大家又不是不知道。于是沈晨曦又软磨硬泡了几天，甚至主动提出了"如果这个任务完成，我送你一个帅哥男朋友作补偿"，才终于拿下这个单子。

在云间书吧里，当徐小小看到这位美女学姐后，竟一下放松了所有警戒，还未等沈晨曦开口，她便连珠炮般说完了自己的遭遇。

李司白是徐小小的前男友，可是这个花心男不仅没颜没钱还没品行，脚踩两只船，在和青梅徐小小热恋的时候，竟又使尽全身解数勾搭上了胸大无脑的系花于婷婷。这些让人气不打一处来的罪行，和花心男李司白后续的行为比起来，实在是不值一提。

李司白有一次偷偷和系花约会，给徐小小编造了一个"生病不想出门"的谎话。无奈天公不作美，他们约会的地点恰好是徐小小去实习公司必经的地方，二人亲热的时候，徐小小恰好从那里经过，也正好将那暧昧的场景尽收眼底。

但是这些都没什么，做错事道个歉，然后和平分手，老死不相往来，徐小小都可以接受。可是那个花心男李司白偏不，他在徐小小抓到他劈腿的证据和他对峙的时候，在大庭广众下上演恶人先告状的戏码。还未等徐小小反应过来，就被他一句"分明是你花心在先"气得说不出一个字。

是可忍，孰不可忍！

沈晨曦这样忧国忧民、心系天下的人怎么能容忍这样的人存在？不等徐小小把最后一个字说完，她猛地拍了一下桌子，快速承诺道："你放心，这个忙学姐帮定了。"

两个女生密谋很久，再三斟酌后，最终选择了一个妥帖保险的方法。

由沈晨曦在校园论坛上给于婷婷匿名发一个"考验男友"的服务，然后尽力将服务帖的诸多设定设置得符合于婷婷的想法，以便于婷婷心甘情愿地吃下这个诱饵。

于是就有了前面的情节。

沈晨曦伏在桌上小憩的时候一直在想着之前的计划，心里对自己是一百个赞叹，不仅能够谋划，还能将事情办得滴水不漏。

沈晨曦实在睡不着，索性坐起身，伸了个懒腰，然后换了件衣服准备出去透透气。

她刚走出宿舍楼，就感觉后面有一个人在跟着自己。

莫不是事情败露，有人前来找麻烦？

可是这也太快了一点儿吧。

她加紧步伐，形同慢跑，却一直感觉后面的人无论如何都甩不掉。她跑了一会儿实在是累了，索性停住脚步，猛地回过头，想要看个究竟。

那个人好像没有想到沈晨曦会突然停下并转头，所以还没来得及停住奔跑的脚步，就看到了沈晨曦早已僵硬的脸。

"徐小小？"沈晨曦一脸错愕，"你跟踪我干吗？"

"跟踪？"徐小小一脸茫然。

"是啊，我是帮你讨伐花心男，又不是让你缠上花心男，你干吗跟踪我啊？"沈晨曦累得蹲在地，双手撑在膝盖上，不停地喘气。

"没有啊，学姐，我怎么会恩将仇报呢。"徐小小走近，然后把沈晨曦扶到路边的长椅上坐下，从背包里拿出一瓶水递给她，"晨曦学姐，我只是有一事相求。"

徐小小的话音刚落，沈晨曦正在拧瓶盖的手突然一僵，随后便往反方向拧去。

"花心男已经帮你摆脱掉了，你这次所求的事一定与网站无关，那我一定帮不上忙。"

沈晨曦把矿泉水塞进徐小小的怀里，说完拔腿就要走。

"学姐留步。"徐小小腾地一下从长椅上站起来，快步走到沈晨曦身边，再次将矿泉水双手递上，"学姐，这个仍然与网站有关！"

沈晨曦一听这话，满脸疑惑地转过头打量着徐小小，等待着她的下文。

"学姐，你说过的，会介绍一个帅哥男朋友给我作为补偿。而且，我很佩服你的能力，也很想加入你的网站，你能收下我吗？"徐小小嘟起嘴，向沈晨曦卖起了萌。

卖萌你比得过我？

沈晨曦一脸不屑。

虽说我是说过要给你找个帅哥男朋友，可是那也要慢慢来啊，如果有帅哥我现在还会是单身吗？

沈晨曦愣愣地看着徐小小，张开嘴想要说什么。徐小小中了她的圈套，做出洗耳恭听的姿态。可是沈晨曦等徐小小放松警惕，撒腿飞也似的跑远了，只留徐小小一个人怔在原地，看着她离去的背影空怀落寞。

徐小小，不是我不帮你，是我实在无能为力啊！

可是如果沈晨曦以为这样徐小小就会放弃的话，那她实在是低估了学妹徐小小磨人的能力。

沈晨曦第二天早上很早就起了床，赶到学校食堂去吃早点，可是万万没想到的是，徐小小竟然正站在她的前面排队。

她刚想溜之大吉，就被徐小小喊住了："晨曦学姐，好巧啊！"

哪有那么多的巧合，不过是徐小小这个磨人的小妖精为了达到目的，早已提前好几天记下了沈晨曦的作息规律。而早起的沈晨曦仍然没能早过徐小小的司马昭之心。

"早……早啊，学妹。"沈晨曦愣愣地看着徐小小，很久才蹦出这几个字。

徐小小连忙拉住她的手，向北方远眺，像是在寻找什么人。片刻之后她好像锁定了目标，目不转睛地仔细观察。

沈晨曦顺着徐小小色眯眯的目光望过去，看到了一个身材颀长的男生正在打饭。

男生穿着一双白色的休闲鞋、一条浅蓝色牛仔裤，配着雪白的T恤。这

让他本就白皙的皮肤显得更加干净。

沈晨曦眯起眼睛，想要将男生的五官看得更清晰。等到打量完这位男生，她才回过头看着徐小小，愣愣地问："于宇阳？于婷婷的哥哥？"

"对啊，学姐。怎么样，很帅吧？"徐小小收回自己探出去的头，"学姐，你不用送我帅哥男朋友了，我觉得这个新闻系的系草就很帅，而且之前有过交集，感觉是一个很温润谦和的人。"

"哦，不用了那当然太好了，也祝你早日追到他。"沈晨曦眼睛里闪过一丝满意的神色，然后她迈开腿，想要狂奔而去。

可是还没等她迈出一步，徐小小就侧过身拦住了她的去路："学姐，你这样可不厚道啊！"

徐小小得意地望着沈晨曦，沈晨曦低下头，自知如果不答应帮这个学妹，可能会被她缠一辈子。

沈晨曦皱着眉头，一脸惆怅地道："我们先吃饭吧，吃完饭再说这些。"末了，像是意识到徐小小会不甘心，她还加上了一句，"放心，这顿早餐我来请。"

徐小小倒也不客气，点餐时点的全是高价的营养餐，差不多花了沈晨曦一天的饭费。

行，徐小小，算你厉害！不过为了摆脱你，这点儿血本我豁出去了！

沈晨曦早早地解决掉温饱问题，坐在位子上看着狼吞虎咽的徐小小。等了很久，她实在忍不住，开口问道："徐小小，你说吧，你究竟想要干什么？"

徐小小听出了沈晨曦话里饱含的生气的味道，连忙放下筷子，抽出纸巾擦擦嘴角，缓缓地道："学姐，你别生气，我就是被你的'捣蛋'功夫折服了，我想要拜你为师，学好'手艺'，自己按照血型特征去追系草于宇阳。"

沈晨曦听到这种话差点儿没把早饭吐出来。如果说是让她帮忙也就算了，可是她让自己带徒弟，这不是难为她吗？

沈晨曦刚想要摆手拒绝，可是一想到徐小小这个小妖精磨人的功力，就连忙把举到半空的右手放下了。

其实答应她也未尝不可，网站上有很多工作，自己实在是忙不过来，多一个人就可以减少很多压力。更何况自己日后还有求于徐小小——她需要到徐小小表哥的公司去盖章来充当实习证明。要是自己稍不留意惹怒了这个大小姐，日后实在是一个麻烦事。

她再三斟酌，思忖良久，最终才看着徐小小的眼睛，轻轻点下了头。

徐小小只觉得这幸福来得太突然，一下子竟有点儿难以接受。自己为了成为沈晨曦的徒弟着实费了不少工夫。这些都没什么，重点是如果她学会了这些本领，以后可是有很大的机会追到男神于宇阳。

徐小小立即站起来，给了一脸茫然的沈晨曦一个用力的拥抱。

还未等沈晨曦反应过来，徐小小早已绝尘而去，不见踪影。

沈晨曦站起身，看着徐小小离去的背影，突然想起表姐明天有事，自己要去表姐的书吧帮忙。沈晨曦连忙拿出手机，打开通讯录，给徐小小发了条短消息：徐小小，明天在校外街角的云间书吧见，共商大计。

短信发出后，她还没来得及把手机放回口袋，徐小小的短消息就回复过来，就一个"好"字，果然够简单。

沈晨曦突然笑了。有个心仪的人真好，她还不知道自己要等多久呢。

徐小小到达云间书吧的时候，天色已经不早了。她从车上走下来的时候，恰巧下起了雨。淅淅沥沥的雨水打在身上，带着一丝凉意。

徐小小最喜欢这样的天气，灰蒙蒙一片，带着雾气，不论是打量梦中情人，还是观看山中风景，都别有一番韵味。

徐小小勾起唇角，半眯着眼睛看着云间书吧的招牌，良久，才缓步迈进去。

沈晨曦在电话里告诉她，她选择了最里面的包间。的确，这样的事情还是谨慎些为妙，沈晨曦也真是有心。

徐小小走进包间的时候，沈晨曦已经忙得满头是汗。她一边抽出纸巾擦拭着汗水，一边整理手里的资料。

"小小，你终于来了。"沈晨曦抬起头看了眼徐小小，随后又埋在了资料里。

徐小小坐在沈晨曦旁边，一言不发地看着沈晨曦手里的资料。

"学姐，我们是'血型诊所'，那么，从于宇阳的血型可以看出他是一个什么性格的人呢？"徐小小手里拿着于宇阳的血型资料，如获至宝。

这份资料可是徐小小托了很多层关系，甚至答应给于宇阳的舍友洗一个月的脏衣服才千辛万苦求得的。

沈晨曦看着徐小小急不可耐的样子，闭上眼睛无奈地摇了摇头。

她打开笔记本，找出自己先前通过分析于宇阳的血型和星座得出的所有结论。

沈晨曦指着一行字，胸有成竹地缓缓开口："于宇阳，A型血，在我的'血型诊所'里得出的定论是属于内向被动、对女孩子的追捧抵抗力较弱的那一群人。"

徐小小若有所思地盯着那排字，良久才仿若大梦初醒般说道："所以学姐你是说只要我一直穷追不舍，就能拿下他？"

沈晨曦满脸无奈，解释道："我看了下，于宇阳是腹黑、爱憎分明、不爱主动出击的天蝎座。更何况古语不还有一句'男追女，隔座山，女追男，隔层纱'嘛。"

徐小小听后满意地点了下头，随后陷入了一场自己也不知缘何而起的深思。

她并非只是贪恋于宇阳的美貌，普天之下貌美者又何止他一人？徐小小承认，自己最初被于宇阳吸引，确实是因为他帅气硬朗的外表，可是这不能成为她爱他的理由啊！

徐小小认识于宇阳的那天，是夏天的午后，炎热的天气里，时间都变得无比难熬。

那天她拖着闺密正好去商场购物，她和闺密聊得正兴起，却被一个低沉的男声打断："您好，这是我们店的套餐，您看下，谢谢。"

徐小小没好气地瞥了一眼那个声音的主人，哟，模样还不错。可是她

也只是回了一个微笑，然后没等于宇阳继续开口便抽身而退。

然而她还没走上两步，就听到后边有人摔倒的声音。她和闺密同时回过头去，看到的是一位年逾古稀的老人摔倒在地的场景。

奇怪的是，地面并不算光滑，老人也拄着拐杖。更诡异的是，从她站的角度看过去，老人家还满脸的不怀好意。

可是不论怎样，老人摔倒在地，更何况是在商场，有监控，他应该不会在这样的地方讹人吧？

想到这里，徐小小不顾闺密的阻拦，跑到了老人面前，伸出手想要扶老人起来："您没事吧？"

老人看了看她，却丝毫没有让她搀扶的意思。他摆摆手，然后指了指于宇阳："让那个小伙子来扶我一下吧。"

什么？现在助人为乐都被嫌弃？而且还要自己来指定谁能帮助自己？

更何况老人看上去的确不善，莫不是真的想讹人？

徐小小把目光转向于宇阳。他却像个没事人一样站在原地，仔细打量着老人。

徐小小不禁为于宇阳捏了一把汗。

她刚要开口告诉老人，你还是换一个地方吧，这里有摄像头的。可是话还未出口，于宇阳的手已经伸向老人。

徐小小错愕地看着那一幕，嘴巴张得能够塞进一个鸡蛋。

老人站起身，拍了拍身上的灰尘，然后抬起头看着于宇阳，眉宇间闪过一丝赞赏的神色。

"我不是一定要你来帮我，我只是看她一个小女生太柔弱了。"

还未等徐小小开口，老人已经拄着拐杖离去。

柔弱？

您别走，您等我说声谢谢。徐小小看着老人离去的背影，一股感激和骄傲之情涌上心头。

那是徐小小和于宇阳的初识。不浪漫也不温馨，只是这个世界无时无刻不在上演的故事，却是徐小小这一生中最难忘的回忆。

你的生命里是不是也出现过这样的一个人，让你一见倾心，日久生情？那种感情发于肺腑，却又不甘于止于肺腑。你想放下你所有的自尊与孤傲，孤注一掷一次，义无反顾一次，而这全都只为能获得那个人的一个回眸、一抹微笑，甚至哪怕只是别离时的一声低语。

徐小小的思绪戛然而止。她突然反应过来自己正在和沈晨曦搜寻资料。她朝沈晨曦笑了笑："学姐你放心，我会坚持下去的。"

沈晨曦点点头，回给她一个微笑："那就好。只要你够坚持，估计没有哪个男生能逃出你的手掌心吧。"

还未等徐小小接话，沈晨曦连忙指了下桌子上的资料，说道："那边也是你必须要了解的资料，你好好看一下，不懂的可以来问我。"

看着堆成山的资料，徐小小顿时感觉压力很大。可是没有办法，谁让她非要追那个优秀的系草呢？想要得到就得拼命是这个世界的法则，不仅生活如此，感情也如是。

为了于宇阳，她徐小小忍了。

　　沈晨曦和徐小小两个人聊了很久，可是她们越聊越兴起，夜幕早已低垂却浑然不知。

　　"怎么样，我的血型论还是很完善的吧？"沈晨曦边整理资料，边不忘夸赞自己。

　　"砰。"

　　徐小小还没来得及回复沈晨曦的话，包间的门就被一个陌生男生用力地推开了。

　　沈晨曦和徐小小面面相觑。

　　嗯，这个男生长得还是很好看的嘛。沈晨曦色眯眯地想。

　　"帅哥，您好，你是要去洗手间吗？出门左转。"沈晨曦以为对方只是想找洗手间，不小心走错了门。她连忙站起身，指了指门外左侧。

　　可是对方似乎并没有离开的意思。他一脸不情愿地看着沈晨曦，良久之后才缓缓开口："能够从血型来看性格，同学，你懂得真是不少呢。"他颔首，敛眉，继续说道，"不过准不准确，恐怕又是另一说了。"

　　哪儿来的小白脸，竟敢来拆她沈晨曦的台！

　　被他这样质疑，沈晨曦的气不打一处来。她站起身，怒目圆睁："你不觉得你偷听别人说话是一种很不礼貌的行为吗？没想到人长得不错，品行却如此低劣！"

　　"同学，请您说话放尊重一点儿。我只是路过，恰好听到你说血型论说得这么振振有词，但我觉得这实在就是一大谬误，不想你误了学妹的终身大事，所以才来冒昧提醒。"对方也不恼，语调平平，听不出半点儿感情色彩。

"你可以觉得我态度过激，但是你不能否认我的血型论啊！"沈晨曦气得嘴角抽搐，一脸不屑。

虽然她是计算机科班出身，可是这大学四年里没少去蹭心理课。尤其是那个光头教授讲的"星座血型与恋爱分析"，她可是一节课都没有落下，所以现在面对这个陌生帅哥的质疑，她又气又恼，心里满是不甘。

"这样吧，你不过就是在质疑我的血型论，那么如果我能够用血型论的知识帮你解释一些人的性格与爱情观，而且说得也较为准确，那么就请你摆正你的态度，向我道个歉怎么样？"沈晨曦踮起脚，以一种倨傲的姿态看着面前俊朗的陌生男生。

"好。"男生爽快地答应，然后踱步走到离沈晨曦最近的沙发旁，坐下，仪态从容地道，"恭敬不如从命，那我就洗耳恭听了。"

徐小小在一旁看到这样剑拔弩张的情形，一脸茫然。不过看到二人自信满满的脸，她又满意地笑了。她知道，以沈晨曦的性子，稍后一定会有一场精彩大戏上演。

"好，你选择人物吧。"沈晨曦勾勾嘴角，眼神中流露出一种势在必得的笃定。

男生嘴角勾起的弧度比沈晨曦更大，眼底闪过一丝邪魅。小样儿，看来你今天是要栽在哥的手里了。

"那你来说一下《西游记》中师徒四人应该属于什么血型和星座。"

男生把背包扔在沙发上，跷起二郎腿，扭了扭脖子，一副疲倦的样子。

《西游记》？帅哥你确定不是在整我？

不过没关系，这点儿事情在姐姐面前什么都不是。

沈晨曦报之一笑："稍等，我整理下资料。"

男生嘴角勾得更深，冷哼出声，一脸不屑。

可是他的得意还没维持五分钟，沈晨曦的侃侃而谈就让他的气势如同被大水熄灭的火焰，心有不甘，却没了反抗的能力。

沈晨曦拿着资料，站在他面前："我要介绍了，你可要仔细听哦。"

沈晨曦缓缓开口："首先，我们来说一下师父唐僧吧。唐僧应该是典型的AB血型，是天生的管理者，而这也应该是如来哥哥和观音姐姐看上他的原因之一。这类血型的人融合了A型血的执行能力与B型血骨子里的执着与创新精神，能不费吹灰之力，凭自身魅力降服性格各异的三个徒弟。更关键的是，他即使身处美色环绕的女儿国，也能不被迷惑，淡定从容。根据《西游记》中唐僧的一言一行来看，称唐僧为AB型血的第二人，那恐怕没有人敢称第一吧？"

男生的脸色开始变得铁青，嘴角开始变得僵硬，心底却有一丝敬佩油然而生。

因为室内光线太暗，况且沈晨曦并没有把注意力放在他的脸上，所以也就没能察觉他表情的异常。她继续滔滔不绝地说道："孙悟空是B型血，这也是毋庸置疑的。他对待自己喜欢做的事情，都能够最快最好地做完。富有创新精神。但尽管这样，毛毛躁躁，急功近利，仍有瑕疵。而对于那种不喜欢的事情，就是千百个不愿，即使做了也只是敷衍塞责。他们内在的个性都比较强，属于外圆内方那种。也正因此，他们才非常不容易被管理。"

"然后我们来说下猪八戒吧。他应该是典型的O型血，个性随和，爱耍小聪明，目标游离，存在惰性。而沙僧应该是A型，执行能力较好，没有花花肠子，深得领导、长辈喜爱。"

"怎么样，我分析得还算可以吧？"沈晨曦把鼻孔朝向男生，一脸的得意与自豪。

"一般般，那你再分析一下星座。"男生勉强地为自己寻找台阶。她懂血型，却不见得也了解星座啊，说不定会出洋相。

沈晨曦也不急不躁，毕竟自己早已做好了万全的准备，万事俱备，唯独欠他这句"东风"。

"嗯，可以。我们来说下星座。同样以唐僧为首例，道德高尚，博爱众生，有目标，且有一颗愿意为之赴死的决心，领导能力强，但大多时候感情用事，这应该是典型的处女座吧。"

沈晨曦顿了顿，拿起桌上的水杯喝了口水，润了下嗓子。

"而行动灵活、思维敏捷、内心叛逆、渴望激进、希冀自由的孙悟空当属天蝎座。贪吃好色、物质现实、憨态可掬的猪八戒当属大智慧没有、小算盘较多的狮子座。憨厚老实、个性温顺、心如止水的沙僧应该是处惊不变的巨蟹座吧。"

沈晨曦得意地看着男生："怎么样，帅哥，我分析得还算到位吧？"

　　还未等帅哥开口，沈晨曦身旁的徐小小早就听得热血沸腾，她不自觉地站起身，胖乎乎的小手都已经拍红。

　　帅哥自知骑虎难下，却又不得不为自己开脱。许是急中生智，他突然抿唇："嗯，你分析得很到位，不过我还有一个问题。"

　　"嗯？"沈晨曦迎面而上，等待着他的不怀好意。

　　"那你告诉我，王母娘娘是什么星座？"

　　……

　　上辈子我是不是欠了你很多很多债啊！

　　"王母娘娘？她出现的次数还不如孙悟空的猴毛出现的次数多呢！你这样问我，和问我猴毛是公是母有什么区别！"沈晨曦气极，眼底的愤怒已清晰可见。

　　"哎，我可没有难为你，不过就是问你一个血型而已，为何孙悟、空唐僧的血型都知道，却不知道王母娘娘的？看来你这是学得不够透彻就出来招摇撞骗了。"男生得意地回望着她，满脸坏笑。

　　沈晨曦差点儿被他气出内伤，她低下头思考着该如何回答他的问题，不经意间瞥到了徐小小求知若渴的眼神。

　　她刚刚可是口若悬河说了半天啊，最后却让一个王母娘娘逼得前功尽弃？不甘心啊！

　　沈晨曦随手从包间角落里拿起一把扫帚，也不管三七二十一就朝帅哥打去。

　　然而真是不巧，不知道是谁把水洒在了地面上，沈晨曦恰好踩到，一个重心不稳，径直扑向了帅哥。

这都没什么，重要的是她戏剧性地扑进他的怀里，而他的唇恰好覆在她的唇瓣上。

一瞬间，时间静止。

沈晨曦听不到徐小小的尖叫，也看不到帅哥睁大的双眼，她只感觉唇间有丝凉意，似乎……还有点儿甜？

不对啊，这可是自己的初吻！

沈晨曦突然惊醒，连忙推开男生，慌乱站起，一脸错愕。

她愣愣地看着他，许久也说不出一句话。

这个时候她突然注意到了一直在尖叫的徐小小，她正瞪大双眼，双手捂着嘴，像是看到了稀有物种一样看着沈晨曦。沈晨曦邪魅地勾勾嘴角，然后伸出右手，朝徐小小做了一个自刎的动作。

徐小小连忙点头，说了好几次"懂懂懂"，却始终没有下一步动作。

沈晨曦狠狠瞪了他一眼。

徐小小识趣地比画了一个闭嘴的动作，然后慌忙逃出门外，溜之大吉。

"你也走吧，最好以后都不要见面了。"沈晨曦等徐小小的背影消失后，瞥了一眼男生，咬着牙说出了这句话。

"别啊，我还要对你负责呢。"男生这个时候却故意和沈晨曦开起了玩笑。

可是她没心情啊！

她拿起掉在地上的扫把，不顾一切地朝男生乱打，这才让男生慌乱地跑了出去。

她忘记了那天晚上自己是怎么回的家。她只记得她的脑子里全都是那清晰的一幕，那种感觉像是自己丢了一件很贵重的东西，却又像是收获了宝物。

沈晨曦什么都不懂，她只知道那个时候的自己心跳突然加速，血液似乎在逆流。

沈晨曦站在窗边看着外面的世界，雨停了，乌云散去。

可是她又期待起隐约雷鸣，暮霭沉沉，但盼风雨再来，那么谁都不会离开。

第二章

冤 家 宜 结 不 宜 解

第二天清晨，沈晨曦正坐在阳台的摇椅上纠结着该如何面对夺走自己初吻的那个男生。

她思绪飘飞，甚至回想起都会对昨日的事情心有余悸。她还没能从恐慌之中回过神来，就被一连串的短信声惊醒。

流年不利。沈晨曦打开手机，看到的是人称"灭绝师太"的指导老师叶秋发来的短信。

她颤巍巍地点开消息页面，看到了"灭绝师太"言辞坚决的短信："沈晨曦，我要你两小时内赶到我的办公室，不得延误。"字里行间有一种显而易见的威严和愠怒。

沈晨曦连忙放下手机，整理妆容。

沈晨曦还记得第一次听到叶秋这个名字的时候，是新生报到那天，她正在宿舍收拾行李，听到舍友在谈学校里面的风云人物。

而谈到叶秋这个人，有些人明显变了脸色。

"叶秋啊，时尚新潮，过四十的人了，可是看上去甚是年轻，美人胚子，年轻时一定是众多男生的暗恋对象。"

"不过她这个人似乎脾气不好，是个狠角色！"

"对对，我听说她在学校里的名气可不小。学长提过，若说外表，叶秋绝对是女神周芷若，可是谈到平日处事，那就是灭绝师太。"

沈晨曦想到这里，连忙摇摇头，收回思绪，手下的动作也越发变快。

沈晨曦抵达叶秋办公室楼下的时候，离两个小时的期限还差两分钟。她拼命飞奔上楼，掐着时间跑进了叶秋的办公室。

"叶……叶老师。"沈晨曦上气不接下气地打着招呼，她手扶门框，一副累极的模样。

"我还以为你又要迟到呢。"叶秋抬起左手看了下手表，冷哼出声，"这次找你来可是一件非常重要的事情，"

重要的事情？

沈晨曦凑近叶秋，洗耳恭听。

"沈晨曦，你说我们是不是任何时候都要以大局为重？团结进取、集体主义是不是中华民族的传统美德？"

叶秋一脸严肃，沈晨曦听得心里发毛。

莫不是最近自己不知不觉又做了什么破坏班级团结、扰乱小组秩序的事情？

嗯……

她最近除了吃饭，就是宅在宿舍，偶尔去云间书吧帮帮忙，并没有

"做坏事"的时机啊！

沈晨曦只觉一头雾水，睁着大眼睛可怜巴巴地看着叶秋，等待着她的下文。

"你们的论文截止日期很快就要到了，可是我不想让你拖我们论文组的后腿。"叶秋拿起杯子喝了口茶，眼睛向上直勾勾地看着沈晨曦，观察着她的反应。

这个老狐狸说话竟然这么直！

你含蓄一点儿会怎样？我的小心脏怎么受得了！

沈晨曦瞥了一眼叶秋，看到她注视着自己，连忙低下头："是是，老师您说得对。"

摆明了就是在嫌弃她，还非要扣一个"保全集体荣誉"的高帽。沈晨曦打心眼里对叶秋的行为嗤之以鼻。

"嗯，所以我想了很久，最终决定让我的得意门生莫凯睿一对一地来教你写论文，你看这样行吗？"

"行，当然行！"沈晨曦一听"莫凯睿"三个字，就想都不想地直接开口答应了。

莫凯睿是何许人也？

莫凯睿可是A大的风云校草，被称为A大有史以来最有才华也最帅气的学生。明明可以靠脸吃饭，人家却颜才兼具。

总之，跟着他混，一定不会饿死。

沈晨曦之前并不知道这些，然而莫凯睿可是女生宿舍"夜聊对象"第一名啊，她的室友三句话两句不离莫凯睿，她多少也对莫凯睿有所了解。

她记得舍友之中有一个曾经疯狂地迷恋了莫凯睿两年，两年里不知道写了多少封情书，发出了多少个邀请，甚至有一段时间，女生捂紧了口袋，用省下来的钱包了莫凯睿一个月的一日三餐。

莫凯睿明确地拒绝过无数次，甚至曾让彼此相识的朋友把钱送了过来，却始终都没有对女生的追求点过一次头。

从这一点也可以看出，莫凯睿是一个不算太差的人，毕竟他知道，面对别人的喜欢你可以不接受，但是你必须尊重。

"嗯，那就好，如果你没有什么异议的话……"叶秋的一句话打断了沈晨曦的思绪，她顿了顿，瞥了一眼沈晨曦，"你也不许有什么异议。"

叶秋再次抬起左手，看了下手表："距离约定时间还有三分钟，三分钟内莫凯睿一定会到的。"

叶秋的话音刚落，门外就响起了一阵敲门声，紧接着，一张让沈晨曦印象深刻的脸出现在她的面前。

是昨天夺走她初吻的陌生帅哥！

是命运总爱开玩笑，还是自己狗血剧看多了，最终得到了报应？沈晨曦暗想。

沈晨曦感觉自己弱小的心脏已经受到了一万吨重物的打击，而且这一万吨的重物应该还是从五千米的高空掉下来的，带着加速度直击胸口。

沈晨曦一脸尴尬地低下头。她纵然心有不愿，可是在"灭绝师太"面前却又不得不装成一只唯命是从的小白兔。

沈晨曦的余光仍旧紧盯着莫凯睿，可是对方就像是没有看到她一样。

"老师，您在电话里已经说得很清楚了，也不用解释什么。虽然我的时间并不是很充裕，但是既然老师开口了，我乐意效劳。"莫凯睿说到这里，看了一眼低着头的沈晨曦，末了别有深意地加了一句，"更何况是这样的同学，我也不想让她来拖我们组的后腿。"

拖后腿？

拜托，如果你很忙的话就推掉好吗？我还不想看见你呢，衣冠禽兽！现在看到你我就能想到那天晚上你的恶行！

沈晨曦哑巴吃黄连，苦大仇深地盯着莫凯睿。

直到走出"灭绝师太"的办公室，沈晨曦才光明正大地瞥了一眼莫凯睿，然后冷哼出声，擦过他的身边迈着大步离开。

她一分钟都不想和这种人多待。

只是师命难违，更何况是"灭绝师太"这种厉害角色。沈晨曦只能忍气吞声，在"莫色狼"的手下讨生活，过着再无光明的人生。

果不其然，莫凯睿就是个小心眼的主儿，仗着指导论文的名义公报私仇。

第二天早晨天才蒙蒙亮，沈晨曦就被一连串的电话声吵醒。她看都没看来电显示就慌乱地接通电话。

沈晨曦刚说了一声"喂"，就听到了对方连珠炮般的数落。

"这么晚了你竟然还在睡，你的论文差了很多字，你知道吗？今天你还有一大堆工作！快点儿给我起床。对了，早晨来的时候记得帮我买好豆浆、牛奶，外加一杯拿铁，不加糖。"

沈晨曦被他吩咐得睡意顿无，她刚要开口，对方却早就挂断了电话。沈晨曦拿着手机听着忙音，一脸茫然。

他竟然滥用"指导权"，支使她帮他去买早餐！

当她是他的老妈子啊！

沈晨曦把手机丢到一边，厌烦地把被子蒙在自己头上，揉成一团，然后吼出了声。

她急忙洗漱出门，可是时间太早，楼下的咖啡厅都还没开门。她无奈，只得买完早点之后给莫凯睿打个电话。

电话响了很久，莫凯睿才接通，对面传来的也是慵懒的声音，显然他还没有起床。

"莫凯睿，现在这么早，哪有咖啡厅开门啊！"沈晨曦有些不爽。

莫凯睿的语气却显得自己占尽了理："那你就等啊，等到它开门。"

沈晨曦无奈，可是迫于论文和"灭绝师太"的压力，又不得不忍气吞声，不敢回嘴。

起初沈晨曦以为莫凯睿只是一时兴起，或者说是想在刚开始的时候给自己一个下马威。可是接连几日，沈晨曦发现自己真的是把莫凯睿想得太善良了。

莫凯睿不知收敛，反而愈演愈烈。莫凯睿让沈晨曦帮忙收拾宿舍，打扫卫生，让沈晨曦穿过十多条街去买小笼包，而当被沈晨曦反问"为什么

明明附近就有，我却要走那么远的路"的时候，他用一句"我喜欢他们家的味道"，草草将沈晨曦打发了。

他甚至让沈晨曦一个女生去帮他报到，让她捏着鼻子学他低沉的声音，他也不管沈晨曦是否喜欢，就让她去社团充人数。而最可气的是，他竟然用沈晨曦来做挡箭牌，婉拒那些上门表白的小学妹。

沈晨曦还记得有一次他们刚走出图书馆的门就被一名模样俊俏的学妹拦住。

学妹娇滴滴地问莫凯睿："凯睿学长，我听说你没有女朋友，那我能追你吗？"

莫凯睿皱起了眉，定睛看着学妹，良久之后才缓缓开口："谁说我没有女朋友的？"

学妹听到这句话，震惊地抬起头，眼底的惊讶一览无余："难道学长已经有女朋友了？"她想了想，又觉得不对，"可是我们舍友昨天还在说你并没有女朋友啊……"

"别人说的话你也信？"莫凯睿急忙打断她，"我已经有女朋友了，就是站在我身边这位，而且就在前不久，我们都奉献了自己的初吻。"

一听到"初吻"二字，沈晨曦羞愧地低下了头。

她如今想到那一幕还有些害羞。

不过，等等，莫凯睿说什么？他说那也是他的初吻？

沈晨曦抬起头看着莫凯睿，恰好看到莫凯睿在对她不停地眨眼睛。他是在朝她使眼色，那股求助的眼神让沈晨曦心底突然生出一丝柔软。

她心一软，连忙帮他圆场："是啊，学妹，我们刚在一起没多久，所以很多人都不知道。实在是对不起。你手里的礼物也一并拿回去吧，我看它像是你自己烘焙的糕点。你也真有心，不过凯睿不是很喜欢吃甜食呢。"

学妹难过地低下头，想要再辩解什么，刚张开嘴，却突然看到莫凯睿一下拉住了沈晨曦的手。她泪盈于睫，看都不看莫凯睿就撒腿而去，跑到垃圾桶旁一下就把手里的东西扔了进去。

等学妹走远，还未等沈晨曦甩开莫凯睿的手，莫凯睿就像触了电门似的松开了手，然后径直走远了。

沈晨曦急忙跟在后面，边走边说："莫凯睿，我有个问题问你。"

"说。"他声音冰冷。

"你刚刚说那也是你的初吻？"沈晨曦低下头，她突然发现自己一谈及"初吻"二字，脸颊就会发热。

"对。"他的语气仍带着倨傲。

可是沈晨曦听到这个字却觉得心理平衡了，同样是初吻，况且对方这么帅，感觉自己似乎也没有吃多大的亏。

"刚刚那个学妹那么漂亮，你为什么还要拒绝她啊？"沈晨曦继续发问。

"没你漂亮。"他仍是高冷的姿态。

沈晨曦却听得心底生出温暖。

她再度张口，可是莫凯睿早已走远，她想都没想就追了上去。

身心饱经摧残的沈晨曦在莫凯睿比较忙的日子里待得实在无聊，她想了很久，最终还是选择以追于宇阳为由向徐小小发出了邀请。

美其名曰是沈晨曦约徐小小出来玩，却一直都是沈晨曦在陪徐小小买东西。

"徐大小姐，你好没好啊？我实在是太累了。"沈晨曦一边蹲下揉腿，一边低声抱怨。

"喂，学姐，我可是应你之邀，盛情难却，才决定在这么热的天出来和你逛街的。你没有听到她们时常挂在嘴边的一句话吗？这种天气还能约出来逛街的人，那都是生死之交啊！"徐小小睁大眼睛，嘟起嘴，定睛看着沈晨曦。

也是，好像追究起来，罪魁祸首还是自己呢。沈晨曦如是想。

沈晨曦站起身，拖着早已麻木的腿继续前行，嘴里却忍不住抱怨："也不知道我最近是倒什么霉，被人强吻也就算了，谁让人家长得还是比较帅的呢；让莫凯睿折磨也就算了，谁让人家是受'灭绝师太'之命呢。可是如今连你徐小小都欺负我，我这个做师父的实在是心有不甘啊！"

莫凯睿？

徐小小听到这几个字眼睛骤然睁大。

所以，沈晨曦已经知道了那个夺走她初吻的人是莫凯睿，而且他们在那天之后还有交集？

她这个表哥不会说漏了什么吧？

不会白痴到告诉沈晨曦，她是他的表妹吧！

徐小小低声轻咳，揉揉脸，装作一副不在意的样子，目光却仍旧锁定沈晨曦："那个……学姐，我……不，莫凯睿有没有欺负你啊？"

"你别明知故问好吗？"在与疼痛作斗争的沈晨曦只顾着数落莫凯睿，并没有注意到徐小小僵硬的表情和躲闪的目光，"他啊，真是那种公报私仇的小人。他竟然让我五点多起床去给他买早餐和咖啡，让我在吃午饭的时候跑去社团给他完成任务，甚至让我冒充他的女朋友，去为他对付那些犯花痴的学妹。"

徐小小听得耳根发红。

温润儒雅的表哥竟然也会做出这种事？

其实，那天晚上徐小小一眼就认出了自己的表哥，她刚想要开口，可是话到嘴边就被莫凯睿的一个眼神制止了。

之后她莫名其妙地当了一回吃瓜群众，看着表哥和沈晨曦来了一场别开生面的对战。更让她想不到的是，还"有幸"目睹了一向傲气的表哥是如何丢了自己的初吻的。

前几天，表哥竟然还"明令禁止"她，不准跟沈晨曦说出他们的亲戚关系。

虽然，这实在不像表哥一贯干脆利落的作风！不过这样也好，不然她自己都不知道该如何和沈晨曦解释这个不速之客。

见证当晚那个意外的"吻"之后，她还安慰自己，说不定她还会促成一段姻缘呢。

可是如今听来，怕是一场孽缘吧。

徐小小停住脚步，转过身，看了沈晨曦良久，看到沈晨曦都浑身发毛了，徐小小才打算开口，却被沈晨曦抢先一步。

"像他这种人，就应该下十八层地狱，万劫不复，不得超生，死了都要被鞭尸！应该株连九族！如果让我见到莫凯睿的家人，也一定不要给他们好脸色！物以类聚，人以群分，一定也不是什么善类！"

沈晨曦实在是气极了，话语过重，可是反应过来，想要收口，却为时已晚。

徐小小本还打算一本正经地向沈晨曦解释自己和莫凯睿的关系，可是看到她现在的情绪这么激动，她只好闭口不提，打算选择合适的时机再来慢慢解释。

现在，她好像也只能应和沈晨曦的抱怨了。

"是，学姐你说得对，如果是我也一定会这样气愤的。"徐小小说到这里时，微微地瑟缩了一下。

生表哥的气？难道她活得不耐烦了？

她突然灵光一闪，迅速转移话题："不过，师父，我们上次讨论好的追于宇阳的方案真的合适吗？"

沈晨曦倒也是个粗精神的人，顺着徐小小布好的局走，回答道："当然，我的方案可是万无一失。"

"那就好。"徐小小连连点头，然后得意地朝沈晨曦笑笑，转身走进一家餐饮店。

"晨曦姐，今天我请客，菜单上的东西你随便点。这家的牛排味道很好，薯条也很好吃，丝袜奶茶更是一绝，你一定要试试。"两人刚落座，徐小小就噼里啪啦地一通介绍。

"小小，这家店给了你什么好处，让你这么不遗余力地推荐？"进店后，沈晨曦就感觉到徐小小的不对劲了。平常这丫头虽说不差钱，但花钱也没这么大手大脚。

看看菜单，一客牛排180元，丝袜奶茶50元一杯。这么贵，抢钱啊！若不是看在这店高端大气上档次的装修上，她早就找老板理论了。

"哎呀，晨曦姐，我又不是这家店的员工，能捞到什么好处啊！就是难得和你一起吃饭，好吃就多吃点儿嘛！"徐小小呵呵地笑，笑容里莫名地带着几分心虚。

"是吗？"沈晨曦才不信她的鬼话。

沈晨曦刚想勒令徐小小少点些东西，一个清冷有礼的声音在她们头上响起："你们好，我不建议你们点这么贵的餐。看二位像是在校学生，可以点我们店里的平价营养套餐，味道好而且价格适中。"

沈晨曦头也没抬，顺着那人的手指继续看菜单。

还真是，整整两页都是精致的套餐，分量多，价格合理。这徐小小钱多得花不完吗？专挑贵的点，打肿脸装富婆呀？

沈晨曦正想给她一个栗暴让她清醒清醒，一抬头却看到了她那张痴迷脸。沈晨曦顺着她的视线看过去，站在桌前给她们点餐的服务生，竟然是

于宇阳。

难怪徐小小要带她来这里，还点这么贵的餐，原来是给于宇阳作贡献来了。

沈晨曦失笑，一脸看好戏的表情，当着"电灯泡"。

事实上，就算她想插话也找不到机会。因为从于宇阳出现的那刻起，徐小小已经自动把她屏蔽掉，眼里只有于宇阳一个人。

见色忘友的家伙！这么尴尬的气氛，她还是去上个洗手间好了。

丝毫没意识到沈晨曦离开的徐小小，纠结良久才憋出一句："你还记得我吗？"

于宇阳眉眼温和："记得，你是上次帮我扶老人家的那个女孩。"说完他的脸色微微泛红。

徐小小才顾不上这些细节，她全部的注意力都集中在"那个女孩"四个字上。这语气，真的好生疏、好冷漠呀！

看他帮她们点完餐，转身要去忙别的，徐小小急了，他还不知道她的名字呢。她也顾不上店里坐满了人，一把拉住他的围裙下摆，大声自我介绍道："我姓徐，林则徐的徐，名小小，苏小小的小小，全名徐小小！"

沈晨曦从洗手间出来，听到这么"古色古香"的自我介绍，差点儿没晕倒。

显然，周边就餐的人也被徐小小这历史韵味十足的介绍惊到了，纷纷投来看好戏的目光。

第一次碰到这么不按常理出牌的女孩，于宇阳也呆住了。良久，他意识到自己正在上班时间，着急忙慌地从徐小小手中"解救"出自己的围裙，留下一句"知道了"，就匆匆离开了。

看着徐小小笑得一脸得意的傻样，沈晨曦感觉头晕得更厉害了。

徐小小，我请你出来，一定是脑子长冻疮了。

几天之后，沈晨曦"刑满释放"。

其实是忙了几周之后，沈晨曦在莫凯睿的帮助下终于能够自己写好一篇论文了。

当"灭绝师太"拿着沈晨曦连夜赶出来的论文满意地点点头的时候，沈晨曦感觉自己终于冲出层层暮霭，重见光明。

沈晨曦仍然记得莫凯睿因为一个词的选择，和自己争论得面红耳赤的样子，明明是相近意思的词，他却非要坚持用那一个，理由竟是读来上口。沈晨曦却觉得那样卖弄文字的做法才是真正拗口。

可是没办法，人在屋檐下，哪敢不低头。

不过没关系，至少她现在解放了。

叶秋看到沈晨曦脸上的喜悦，也得意地点点头，颇为自豪："怎么样，沈晨曦，我这个得意门生还是有两把刷子吧？"

"是是，莫凯睿哪里是有两把刷子，分明是套路多得数不过来。"沈晨曦皮笑肉不笑，一语双关，故意说给莫凯睿听。

叶秋哪里听不出沈晨曦话里的另一层意思，可是她并不说破，仍旧一脸微笑："沈晨曦，论文初步完成得不错。说吧，有没有想要的奖励？"

冤家宜结不宜解

第二章

"奖励？"沈晨曦一脸惊讶，转瞬想到"灭绝师太"奖罚分明的作风，立马脱口而出，"那就让莫凯睿离我远一点儿吧。"

还未等身旁的莫凯睿回过神，沈晨曦便对叶秋微微欠身，然后快步离开，像是逃亡。

难得不用再鞍前马后地伺候莫大少爷，沈晨曦很快就把痛苦的经历抛于脑后，感觉浑身轻松。

她化悲愤为购买欲，掏出手机想要约几个好友出来血拼。可是拿起手机翻遍了联系人，却发现并没有几个能够邀请的人。

沈晨曦的手停在徐小小的名片上，她看到这三个字，突然又想起了上次邀请徐小小出来，最后把自己累个半死的经历。

她顿了顿，最后还是决然地按下了拨号键。

毕竟相比于一个人游荡，她觉得两个人累一点儿也没关系。

徐小小倒也真是热衷逛街，收到沈晨曦的电话后想都不想就连忙点头，意识到对方看不到自己疯狂点头的样子，才大声地接连说了好几个"好"字。

她们约在了平时经常去的那个商场，离宿舍和教学楼都比较近，人流量较大，商品种类也齐全。

"学姐，你有没有觉得现在无莫凯睿的存在一身轻？"徐小小见到沈晨曦，一脸坏笑地发问。

"别说废话。"沈晨曦抛给她一个白眼，又像突然想起什么，大声强调，"最近几天，不，以后你都不要和我说起莫凯睿这个人。"

徐小小像是吓坏了一样不停点头。

"那我惩罚你请我去三楼的休闲区喝杯奶茶。"沈晨曦还没等徐小小回答，径自向电梯走去。

徐小小无奈地摇摇头，快步跟上。

谁让自己多管闲事呢！

沈晨曦刚刚迈出电梯看向奶茶区，突然看到一个熟悉的身影在陪一个娇滴滴的女生玩抓娃娃机。

男生身材颀长，英姿俊朗，沈晨曦眯起双眼，仔细打量。

"莫凯睿！"

沈晨曦惊呼出声，不过还好对方并没有听到。

徐小小一看自己的表哥在前面，深知不妙，她连忙拉住沈晨曦的衣袖，说道："学姐，我们大人不计小人过，别和这种人一般见识了。"

谁想沈晨曦一下甩开了徐小小的手："我偏不，我倒要看看能上演一场什么样的好戏。"

徐小小自知沈晨曦主意已定，况且相处这么久，她也清楚沈晨曦倔强的脾气。

沈晨曦站在原地，瞪大了眼睛看着莫凯睿和那个女生，当看到莫凯睿与女生举止亲昵时，她实在是忍不下去了。

这分明就是在欺负单身人士啊！

莫凯睿，有你好看的！

沈晨曦快步上前，一把拉过莫凯睿，还没等莫凯睿反应过来就开始夹枪带棒地讽刺："莫凯睿，我果然没看错你，拒绝那么多人，不和别人恋爱，目的就是为了能够追更多小妹妹吧？"

"你疯了吧？"莫凯睿一脸不明所以地看着沈晨曦，半晌才蹦出几个字。

"我疯了？我看你才是疯了！人家小妹妹才多大啊，你都快成为人家叔叔了吧，这个年纪的你都不放过吗？"沈晨曦站在女生面前，直视着莫凯睿深不可测的眼睛。

徐小小站在一旁，看到局势不断激烈，她犹豫不定地挪动着步子，可是她刚迈出两步，就对上了莫凯睿投来的目光，他轻轻摇头，徐小小微微一笑，点头示意。

既然表哥已经有分寸，那她也就不必着急了，还是准备好瓜子和板凳，来看场好戏吧。

专心于数落莫凯睿的沈晨曦并没有看到莫凯睿刚刚的动作，她反而觉得他是有意在躲闪。

沈晨曦数落莫凯睿良久，莫凯睿起初也不搭理她，等到实在受不了，才冷哼出声："神经病。"

沈晨曦倒也是不恼，她勾勾嘴角，转过身看着那个娇滴滴的女生，劝道："小妹妹你看到了，这就是他的本色，对待女生就是这么粗鲁。"

女生一脸茫然，不知所措地看了看沈晨曦，又看了看莫凯睿。

沈晨曦倒也不管三七二十一，反而上起了"珍爱生命，远离色狼"的女性自我保护课。

"小妹妹，古话说得好，在家靠父母，出门靠自己。人在江湖漂，你要有保护自己的意识。你看看他，哪里有一点儿好人的样子。"说到这里，沈晨曦顿了顿，然后回头瞥了一眼莫凯睿，突然感觉自己刚刚好像说错了话。

"小妹妹，你别看他人模人样的，其实就是一匹披着羊皮的狼啊！你可千万别中了他的计谋，不然姐姐都没办法帮你了啊！"沈晨曦此刻话多到一直说个不停，让女生连插话的机会都没有。

莫凯睿在旁边也不恼，反而觉得沈晨曦焦急到脸红的样子甚是好笑，他实在没能忍住，最后还是嗤笑出声。

沈晨曦的话匣子突然关上，她抬起头，一脸严肃地看着莫凯睿。

莫凯睿看到沈晨曦直勾勾地看着自己，突然一脸坏笑，不怀好意地看着她："怎样，难道我们沈大小姐吃醋了？"

"我？我吃哪门子的醋啊？"沈晨曦一脸错愕。

"哟，这么快就忘记了？难道还要我来提醒吗？"莫凯睿靠近沈晨曦，坏笑更加明显。

沈晨曦不停后退，直到抵着墙面，她甚至能感受到莫凯睿的气息，嗅到他身上洗衣液的气味，一下羞红了脸。

莫凯睿都看在眼底，却并没有想要放她走的意思，反而步步紧逼："不过说真的，沈晨曦，我是真的很喜欢你这种性格的人，嗯……该怎么形容呢？"莫凯睿用食指抵着脑门，装出一副思考的样子，"应该是小甜心才对，还是那种纯情的小甜心。"

"你……你不要脸！"沈晨曦气极，口不择言，脸也不知是因为害羞还是气愤而变得通红。

"你说我不要脸？晨曦同学是不是在和我开玩笑呢，当初你扑倒在我身上，夺走我初吻的时候，好像与现在的我相比，有过之而无不及呢。"莫凯睿笑意更深。

沈晨曦一下被他说到痛处，更何况他还是当着别人的面说的。

沈晨曦想要拔腿就跑，可是刚走了两步，突然想到身边那个娇滴滴的女生，还不忘回头嘱咐一句："你看，我都拿走他的初吻了，他却还在这里玩套路，妹子，这样的人不能深交啊！"

娇滴滴女生似乎一下子明白过来了，连忙点头。

沈晨曦本来悲痛欲绝，看到女生弄懂自己一片苦心才颇感欣慰。这次洋相也算是没有白出，她可是拯救了一个女孩的后半生啊！

想想都骄傲！

可是想想刚刚莫凯睿说自己的那些话，她还是先逃为妙吧。

沈晨曦撒开腿小跑而去，到达徐小小身边的时候什么都没说，只是无奈地摇摇头，然后拉着徐小小的手狂奔而去。

莫凯睿双手插在口袋里，侧着脸打量着沈晨曦离开的背影，突然有一种亲切感涌上心头。

而另一边的沈晨曦却是愤怒得上气不接下气，不停地对徐小小抱怨："这辈子都别让我再看见他，不然我就剥了他的皮！"

话音刚落，她又觉得自己说错了话："不对，我一定要想尽办法让他出次洋相。"

徐小小在一旁点头迎合，心里却在想：但愿下次我表哥手下留情，那才是对你最大的仁慈，你可别再偷鸡不成蚀把米了。

沈晨曦第一次因为莫凯睿的一句玩笑话而变得恼怒，在和徐小小回宿舍的路上，她还边走边抱怨："你说莫凯睿今天说话怎么这么恶毒？虽然之前说话不讨喜，但是并没有让我感觉心里怪怪的啊，现在却感觉心里很难受。"

徐小小不知该如何作答，只好无奈地摇摇头。她原本还想去找于宇阳来次"巧遇"，然后再"叙叙旧情"的，但看沈晨曦被表哥激得一点就炸的暴怒模样，心里暗忖还是少惹她为妙。先回学校吧，免得被殃及。

沈晨曦先把徐小小送回了宿舍，然后自己一个人去学校外的街道散步了。明明她都在徐小小面前放话要对付莫凯睿了，可现在盘旋在她心里的那股失落和不甘是怎么回事？

看着一盏盏橘色路灯，她的心情没来由地变得更加灰暗。因而，她也没看到一直默默跟在她身后的莫凯睿。

街道的拐角处，开着一家很小却精致的毛绒玩具店，《宠爱》的歌声缓缓流出。

她听徐小小哼过，是美少年组合TFBOYS的歌。其中有句歌词是"我好想对你对你宠爱"，竟然莫名地和今天莫凯睿教那个女生玩娃娃机的画面很契合。

第二章 冤家宜结不宜解

嗯！他们抓到的那个娃娃，这家店里似乎也有。

沈晨曦走到店里，三下五下找到他们抓的娃娃的同款，一下拿了五个结账。

哼！得意什么，我花钱照样能买到。

沈晨曦提着大包玩偶回到宿舍楼下的时候，已经是傍晚。

天空灰蒙蒙的，月亮像是也因为莫凯睿的一句话羞愧地躲了起来。

沈晨曦急忙向宿舍走去，可是刚走到门口就看到了一个熟悉的身影。

那个人手里捧着一束白色的玫瑰花，身材微微发福。沈晨曦只看到他的背影，看不清他的面容，但她还是从他的举手投足间轻而易举地认出了他："李司白？"

李司白转过头，看到是沈晨曦，眼睛陡然放出光芒。他急急忙忙地向她跑来："晨曦，我给你打了很多个电话，可是你都没有接听呢。"

不是质问的语气，倒更像是小孩子在大人面前撒娇。

沈晨曦一脸的错愕，愣愣地看着李司白。片刻之后，她尴尬地张开了嘴："你给我打电话干吗？你找我有什么事情吗？"

"是啊，我在学校的论坛上对你一见钟情。"说着，他连忙将手里的玫瑰花捧在沈晨曦面前，"我听说你特别喜欢白色玫瑰花。沈晨曦，你愿意做我女朋友吗？"

沈晨曦有些感动，想要告诉李司白真相，可是话刚要说出口，她就突然想到了花心男李司白的种种罪行，一瞬间气不打一处来。

虽然她的确对李司白的种种恶行不耻，但她还是不想当面戳穿他。毕竟现在的恶果也是自己当初非要帮助徐小小闯下的祸。

沈晨曦灵机一动，连忙咳嗽了几声："李司白，其实我也挺喜欢你的，在贴吧上相信你也能感受得到。可我实在是不能答应你，因为我从小就得了重病，而且这种病甚是奇怪，可能都活不过三十岁。我这么喜欢你，我不想耽误你的余生。"

李司白嘴角抽搐几下，却仍旧不相信地道："沈晨曦，你一定是肥皂剧看多了吧？这么烂掉牙的借口你都敢说。"

沈晨曦感觉可能是自己的演技出了问题，她继续咳嗽着，一副娇弱的样子："李司白，我真的没有骗你。而且我还有哮喘。我也会经常毫无征兆地突然晕倒。"

"沈晨曦，你少来。你要是想要拒绝我，可以直接说出来。"李司白的语调里有轻微的恼怒。

"司白……我，我没……""有"字还没能说出口，沈晨曦便轰然倒地，留李司白一个人怔在原地，目瞪口呆。

李司白一下被吓蒙了，蹲下身把食指放在沈晨曦的鼻前，可是良久都没能感受到沈晨曦的呼吸。

李司白被吓得脸色铁青，愣了几秒之后拔腿就跑。

数秒之后，沈晨曦缓缓睁开双眼。

"小样儿，和我玩，你还嫩点儿。知不知道我当年可是差点儿去参加艺考当演员。"沈晨曦站起身，拍了拍身上的尘土，转过身恰好看到了刚刚下楼的室友。

"晨曦，你怎么这个时候才回来？"室友关切地上前，一脸担忧。

"快别说我了，今天真是倒霉，和徐小小逛街累死了不说，还遇到了扫把星莫凯睿，刚刚还被花心男李司白在宿舍楼前告白。我跟你说，还好我机智，不然的话可能早就被你们喊李太太了。"沈晨曦脸色阴沉，一脸幽怨。

"没事就好，没事就好。"舍友连忙轻声宽慰，然后搀扶着沈晨曦向宿舍走去。

明明已经要离开，沈晨曦却仍旧不甘心，她回过头看着刚刚李司白站过的地方，大骂一句："无赖！"

跟着她回到学校目睹这一切的莫凯睿很不厚道地笑了，他微微勾起唇角，无奈地摇摇头。

他突然觉得，这个女孩越来越有趣了。

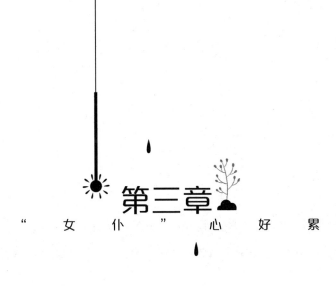

第三章

"女 仆" 心 好 累

　　徐小小接到表哥的召唤，来天文社办公室找他。

　　她敲了敲门，办公室里传来一阵咳嗽声，接着一个嘶哑的声音响起："进来！"

　　徐小小蹑手蹑脚地走进去，看见一个高大的身影背对着她，在偌大的书柜前整理资料。安静的室内，不时传来他低低的咳嗽声。

　　隔着一丈的距离，徐小小觉得那个背影有种莫名的熟悉感。

　　当然，这人可不是她表哥。虽然两人身形差不多，但这人似乎还比表哥高那么一点儿。穿得也很居家，有种宜家宜室的美男范儿。不像她表哥，除了高档运动装就是白衬衫。

　　那人听到有人推门进来后，就再也没有声音，纳闷地回头，就看到已经处于痴呆状态的徐小小。

　　"徐小小？"他真不是有意记她的名字的，实在是她那天的自我介绍太过让人"印象深刻"，让人不记得都很难。

“于宇阳！”眼冒桃心的徐小小，没想到让自己流口水的这个背影，竟然是于宇阳。

老天爷，她圆满了。

呵呵……她追定他了！

徐小小正做着“迎娶于宇阳，走上人生巅峰”的美梦，眼前一花，莫凯睿弹了她一记脑崩儿。

啊！好疼！

“你！”看到来人是莫凯睿，徐小小及时住口。还好没爆粗口，不然表哥绝对有一百种方法让她吃不了兜着走。

徐小小不禁为自己的机智扬扬得意。

“你刚才傻呆呆的，又在胡思乱想什么？”

真讨厌，在外人面前就不能给她留点儿面子吗？

“那个……表哥……”徐小小瞥了一眼于宇阳，欲言又止。

莫凯睿皮笑肉不笑地说道：“哪个？你这直肠子什么时候学会拐弯抹角了？”

看到敬爱的表哥活动着手指又要往她额头上招呼，徐小小吓得躲到了于宇阳身后。

于宇阳刚刚消化他们是表兄妹的事实，回过神来：“学长，你们有事先谈吧，我去一趟图书馆。”

“嗯。”

"不行！"

前一句表赞同的话出自莫凯睿之口，后一句抗拒意味强烈的话则是徐小小发出的。

"徐小小！"莫凯睿温柔地对她笑。

徐小小吓得心肝颤颤的，紧紧抓着于宇阳的衣角不放手。

莫凯睿双手抱胸，看着徐小小对于宇阳一副依赖的模样。他这表妹虽然是个"颜控"，但还算懂得跟陌生男生保持距离。

难道……

莫凯睿微眯着眼睛："你和宇阳真的是第一次见面吗？怎么感觉你喜欢他喜欢得要命的样子？"

"咳咳……"于宇阳的感冒似乎更严重了。

而徐小小的脸"唰"地一下红了，她说了一声"再见"，丢盔弃甲地小跑着消失了。

莫凯睿愣在原地，他还没跟她说正事呢！跑那么快，难道被他说中了？

再看于宇阳脸上，不自然的红晕一闪而过。

这两个家伙，到底是什么时候看对眼的？

"晨曦姐，晨曦姐……"

当徐小小高亢嘹亮的声音从楼道传来时，沈晨曦正躺在寝室床上默默发呆。

昨天看见莫凯睿和一个小女生在一起时，她的第一反应是蒙的。后来走过去"挑衅"时，她竟然在"莫恶魔"眼中看到了一种类似宠溺的情绪。

宠溺啊！

这人什么时候装起暖男来了？

平常对她颐指气使，对送上门的漂亮学妹也是有礼婉拒。还以为他真这么孤冷清傲，不食人间烟火呢！原来，背地里藏着一个小青梅，可劲儿地疼着呢！

"哼！莫凯睿，你就是个大尾巴狼！"晨曦愤愤地想着，使劲儿捶着身旁的玩偶。

此时，寝室门被推开，徐小小明艳俏丽的小脸探进来："晨曦姐，明天天文社要去露营，听说可以看到流星雨，一起去吧！"

小妮子一脸捡到宝的兴奋样，沈晨曦做贼心虚地用被子把玩偶遮住，没好气地回复："不去！天上掉下来的石头有什么好看的！"

"可是，于宇阳也要去！"

"所以呢？"

"所以，我需要你这个军师鼎力相助，一举拿下他呀！"

唉，这浓情蜜意的少女心啊！那些臭男生值得吗？

看出沈晨曦有些动摇，徐小小趁热打铁："事成之后，我送你一套严教授的星座血型书，怎么样？我舅舅和他是多年好友，只要我舅开口，亲

笔签名也不在话下！"

"成交！"

天知道沈晨曦想要这套书想了多久，偏偏那严老头只产不销，出版的少数几套也只送老友。她也是在"灭绝师太"办公桌上偶然看到，偷偷瞟了几眼。

徐小小看到沈晨曦痴迷的表情，不由偷乐：表哥啊表哥，接下来就看你的喽！

第二天一大早，还在和周公约会的沈晨曦就被徐小小拉出被窝，推上了即将启程的学生专用大巴。

车上全是俊男美女，一张张满是胶原蛋白的脸看得沈晨曦唉声叹气："早知道就抹点儿BB霜再出来了！"

在这群鲜肉、小花中，她简直就是韩国的欧巴桑嘛！脸上脱皮还没好，再加上睡眠不足，黑眼圈有向国宝熊猫看齐的趋势。唯一能与人媲美的齐肩秀发，也因出门太急没顾得上打理，无精打采地耷拉在肩上。

"咦……"此时，第三排靠窗侧着脸的男生吸引了沈晨曦的注意。此人穿一件简单的白色T恤，下配一条天蓝色牛仔裤，黑色棒球帽下，是遮住大半张脸的黑色口罩。

如此全副武装，莫非这位仁兄容貌也很"感人"，所以不敢露真容？

沈晨曦颇有一种找到同类的亢奋，不等徐小小安排，一屁股坐在那人旁边的位子上。

这时，大巴缓缓启动，向郊外驶去。

沈晨曦以为学弟学妹们聚在一起会很闹腾。结果，他们只是听着车载广播，安静地欣赏沿途风光，就连一向动如脱兔的徐小小，此时也如同一个文静美少女，一脸痴迷地看着正专心致志擦着摄像机的于宇阳。

气氛如此静谧，此时不睡更待何时！

不出五分钟，沈晨曦已经开始打呼噜，左摇右摆的小脑袋也情不自禁地向旁边那人的肩膀靠去。

睡梦正酣，车子一个颠簸，沈晨曦被惊醒，怔怔地坐起身来。

那只想要把她的脑袋扶正的手僵在半空中，半晌，才转换成一个打招呼的姿势："嗨，小甜心，你醒了！"

这肉麻的搭讪，除了莫凯睿，还能有谁！

"你怎么会在这里？"沈晨曦不客气地开口。

"天文社社长不在这里，要去哪里？"莫凯睿取下口罩，唇角含笑地反问道。

"你……"沈晨曦胸口憋着一口闷气，转过头狠狠瞪了徐小小一眼，"为什么不告诉我莫恶魔也会去？"

徐小小眨巴着无辜的大眼睛，一副丝毫不知情的可怜样儿。

沈晨曦想把徐小小拍死的心都有了，一怒之下大吼道："师傅，停车！"

瞬间，大巴上的二十几人纷纷把目光投向她。

沈晨曦恨不得找个地缝钻进去，只好讪讪地解释道："我突然想起下午还有课，我得马上赶回学校！"

"今天是周六，全校休息！而且，车上了高速，不能随便停车！"旁边一个欠揍的声音轻易戳破她的谎话。

"莫凯睿！"

"嗯？"

两人大眼瞪小眼。

眼看战火一触即发，徐小小赶紧跑过来打圆场："学姐，露营地就快到了，既来之则安之，就当旅行放松心情吧！"

沈晨曦眉头一皱，还想再说什么，只见徐小小偷偷指了指于宇阳，做了个"拜托"的手势。

"好吧！"

沈晨曦看也不看莫凯睿，一把拿起背包往最后一排位子走去。

莫凯睿一瞥徐小小，后者心领神会，立马颠颠地跟上去。

到达露营地时，夕阳正收敛最后一束残光。

这是距学校甚远的一处高山林地，影影绰绰的余光透过树叶缝隙照射到地面上，有一种惊心动魄的美感。山脚下，零星散落着几处农庄。

沈晨曦站在巨石巍峨的山头，终于有一种"来对了"的满足感。

而她双臂展开，欲拥抱大山的架势，让背后的莫凯睿忍不住调侃："女侠，你是大王派来巡山的吗？"

"要你管！"

"呵呵，我是不想管。"莫凯睿微微一笑，突然伸手，一把搂住她的腰把她从乱石堆上抱了下来，"你若再不下来扎帐篷，今晚可就要露天睡觉了。"

沈晨曦的心跳蓦地快了几分，腰间还残留着他手心的温度。待她意识到自己被揩油了，又不由得恼羞成怒地道："谁要和你一起扎帐篷？徐小小呢？"

"喏，你自己看。"

平坦的空地上，小伙伴们两两一组有说有笑地扎着帐篷。而那个把她"拐"来的徐小小，正站在于宇阳身边笑得花枝乱颤。

唉！流年不利，碰到这么个见色忘友的臭丫头！

不远处，被沈晨曦念叨的徐小小，很没形象地打了一个喷嚏。

"小小，你去休息吧，我一个人可以。"于宇阳皱了皱眉，她不会被他传染，也感冒了吧！

徐小小仰起头笑得很甜："不用不用，男女搭配，干活不累嘛！"好不容易找到一个和于宇阳独处的机会，她要是现在走掉，那就是天字一号大傻瓜。

另一边，沈晨曦看看越来越黑的天色，只好捡起地上的帐篷默默捣饬

起来。

莫凯睿看着她孩子气的举动，双手抱胸在一旁等着看好戏。

果然，没弄几下，沈晨曦就败下阵来。对她这种头脑简单，四肢也不发达的人来说，扎帐篷的难度简直是写论文的数倍。这么复杂，还不如让她露天睡喂蚊子呢！

莫凯睿好笑地看着破罐子破摔的沈晨曦，也很好奇，明明就不是理工科的料，为什么偏偏选择了读计算机专业呢？害得他给她指导论文时，没少死脑细胞。

这姑娘，不愧是个怪胎！

而他，好像喜欢上她了！

想到这里，莫凯睿勾了勾唇角，一只手将沈晨曦扯到身边，语气温和地对她说："我帮你！"

沈晨曦愣了一下，乖乖地配合。很快，一顶能容纳两个人的帐篷就被搭起来了。与此同时，其他人也利落地搭完了帐篷，在外面生起一堆火，围在火堆旁吃起了干粮。

天快黑了，冷冽的山风呼呼地刮着。

"阿嚏——"沈晨曦缩着肩膀，病恹恹地连打几个喷嚏。她郁闷地发现，自己就是来受苦的。

说什么天朗气清，是个露营观星的好地方。他们倒是玩开心了，一个个穿上备用的厚外套，架着长枪短炮拍狮子座流星雨，自己却什么都捞不着，还要留守后方守着火堆不让它熄灭。

都怪那个"罪魁祸首"徐小小，明知这种荒郊野岭，好人都能冻出病来，早上给她收拾背包的时候，为什么不给她带外套？一背包的零食和书，这是在整她吗？

心塞！

沈晨曦正暗自腹诽着，突然，一件男生外套被扔到了她面前，紧接着一个熟悉又带着几分霸道的声音响起："披上！别着凉了！"

"不需要！"沈晨曦冷冷地拒绝。

"难道你想要我打120，让急救人员把你抬下山？"

一想到自己可能会以"某某女大学生露营观星，因冻伤四肢被120救护车抬下山"的标题登上社会版新闻头条，她就不敢再矫情了。

不穿白不穿，女汉子能屈能伸！

莫凯睿满意地点了点头，刚走出几步，又回过头来叮嘱："好好在这儿待着，有事叫我。"

这句话带着看似不经意的关心，却让沈晨曦微微红了眼眶。关键时刻，还是这大尾巴狼有良心啊！看在他送外套的情分上，她大人不记小人过，以前的"恩怨"就一笔勾销吧！以后，就和他像哥们儿一样和平相处好了！

沉浸在和解大计中的沈晨曦，没看到远处徐小小朝莫凯睿抛了一个

"快谢谢我"的得意眼神。

"胡闹！"莫凯睿一记眼刀甩过去。

"我……"徐小小被他吼得一时语塞，半晌才弱弱地回嘴，"我也是为了你好嘛！依学姐的脾气，不给她制造点儿困境，她怎么可能会接受你的好意？"

"所以你就故意不提醒她带厚外套？你知不知道，这山上到了夜晚最低气温只有六七度，她那林黛玉似的单薄身体，搞不好会闹出人命的。"

"有那么严重吗？"徐小小委屈地嘟囔着。然后，她还是从包里偷偷掏出件外套，递给了莫凯睿："表哥，别生气了！我待会儿就给晨曦学姐道歉去！"

"算了，你也是无心之失。"莫凯睿顿了顿，喃喃自语道，"以后这种活动，还是不要叫上她了。"

徐小小看着自家表哥英俊的侧颜，老气横秋地哀叹："高高在上的莫大才子，奈何还是逃不过学姐的手掌心啊！"

莫凯睿一心想着沈晨曦，没有回应徐小小的碎碎念。

徐小小觉得无趣，转头从背包里掏出事先准备好的药，再从保温杯里倒出一杯热开水，屁颠颠找她心爱的于宇阳去了。

于宇阳正拿着望远镜专心地看着天空，徐小小微笑着从他身后探出透来："有没有发现流星雨？"

饶是平常镇定自持的他，也被徐小小的突然出现吓了一大跳。

"没……没有，可……可能……要晚点儿。"一句话说得磕磕绊绊，间或还夹杂着低低的咳嗽声。

好心办坏事的徐小小，十分懊恼自己的幼稚行为，先帮他拍着后背顺气，然后拿出一大袋感冒药，一股脑摊在地上着急地挑选："啊！到底哪种药的效果最好啊？"一张小脸急得通红。

于宇阳看到地上种类繁多的感冒药，心软得一塌糊涂。他的手擦过她温暖的指尖，拿起"白加黑"感冒胶囊，抠出两粒，端起一旁的水吃下。

徐小小看着干脆利落吃完药的于宇阳，心里的愧疚稍稍减轻了些。

此时，观星队中不知谁大喊一声："看，流星雨！"

于宇阳一把拉过徐小小，把自己的望远镜递给了她。

那边厢，莫凯睿下意识地回头去找沈晨曦，却只来得及看到她离开营地的背影。

"你去哪儿？"莫凯睿急忙追上去。

他怒气冲冲地抓着沈晨曦的手腕，沉着脸呵斥道："不是说了让你待在营地吗，乱跑什么？"

沈晨曦被他这一声吼吓了一跳，讷讷地开口："我看火堆要灭了，所以跑出来捡点儿柴火回去。"说完，怕他不相信似的，她还扬手挥了挥手里的一小把枯树枝。

莫凯睿一听，意识到自己反应过度了，顿时有些尴尬："啊，我刚刚……"

　　"没事，我知道你一定是怕我偷跑下山，让你这个天文社社长担不了责任，所以才密切注意我的行踪，对吧！哎呀，你放心，我已经原谅你了，不会再和你对着干了。我们正式和解啦！"沈晨曦说完，自顾自地往前走捡柴火去了。

　　"这都哪儿跟哪儿啊？"

　　不过，对于沈晨曦主动求和的态度，莫凯睿颇有点儿受宠若惊。但他可没忘记之前自己差使她干这干那的混账事。而且，他还夺了人家最宝贵的初吻！

　　虽然，那个吻他本人还是蛮享受的。

　　等等，莫非，这是她的"引君入瓮计"？

　　莫凯睿跟上去，又恢复成白日里那般不正经的模样："和解可以，不如你在我脸上亲一个，来个和解之吻吧！"话音刚落，他的脚背就被狠狠踩了一下。

　　这家伙，也太无耻了吧！

　　等他们拾够柴火，天已经全黑了，营地的应急灯光也看不到了。不知不觉，两人竟然迷路了。

　　黑暗中，两人只能摸索着前行。

　　"沈晨曦，你怕吗？"身后传来莫凯睿冷淡又略显急切的声音。

　　"怕什么？不是还有你在吗？再说了，等营地的人发现我们不见了，一定会来找我们的。"

"可是……"

话还没说完，就听到有重物坠地的声音，沈晨曦回过头，顺着棍子摸过去，果然，莫凯睿又摔了，这次是脸朝下。

唉，她都替他疼！

早在扎帐篷时，她就发现他不对劲了。别人都在享受美味的晚餐，只有他，一个劲儿地弄什么LED应急灯。太阳公公还没落山呢，他已经掏出手电筒，光线亮得真是刺眼睛。

如果她没猜错的话，这家伙有夜盲症！

这是天要亡他们吗？她一个路痴已经寸步难行了，还要带上一个夜盲症患者。唉，人生为何如此艰难啊！

"都怪你，让我扯着你的衣角就好，硬是要拿棍子牵着我。本社长这张帅脸若摔成猪头，有你好看！"

"哟，还有力气威胁我呢！早知今日，你当初倒是对我好点儿啊！把我当保姆使唤不算，还动手动脚，活该！"

莫凯睿被堵得无话可说，索性坐在一块大石头上赖着不走了。因为担心她的安全，他连手电筒和手机都顾不上带，就急忙追出来了。他一个夜盲症患者，为了她在这深山老林里摔得鼻青脸肿。她倒好，竟然还对他这个"恩人"冷嘲热讽。

"哼！本社长不走了！沈同学，你自便吧！"

第三章 女仆一心好累

莫凯睿，你还能再幼稚一点儿吗？

沈晨曦轻叹一口气，从兜里掏出手机，将手电筒功能打开。

突如其来的光亮照得莫凯睿一愣，他恼火地抗议道："带了手机，为什么不早拿出来？"

沈晨曦看都不看他，闷声回答："没有信号，只剩两格电了，得用在关键时刻。"

一听到她并不是为了捉弄自己，而是在为他们的处境着想，莫凯睿心里有点儿雀跃，赶紧提议道："那我们快点儿回去吧！"

他已经够狼狈了，可不想再因为该死的夜盲症，在沈晨曦面前丢尽面子。

"这点儿电哪够啊！我可不想为了找回去的路，不慎滚下山坡结束我如花的生命。现在最要紧的是在附近找个山洞休息，等待大部队救援。"

"山洞？"莫凯睿一脸的不可思议，好笑地看着沈晨曦，说道，"你确定？"

"确定！"

"嘿嘿……"莫凯睿坏坏地笑了一下，"你是不是电视剧看多了，想找个机会和我单独相处呀？"

沈晨曦无语问苍天，谁来救救这患了臆想症的家伙！

果然，当他们找到一个可以容身的山洞时，手机的电量正好耗尽。

幸运的是，山洞里满是萤火虫，洞顶点缀着似满天繁星的光点，不至于漆黑一片。

"好美啊！"沈晨曦兴奋地跑进去，手舞足蹈的，像个闯入神秘新世界的孩子。

"嗯，真的好美！"

"我的提议没错吧！"

沈晨曦眼里闪着光亮，得意地回过头，却看到几步开外莫凯睿正笑意盈盈地望着她。那灼灼的眼神，哪里是在欣赏萤火虫的光亮，分明在盯着她看呢！

洞壁的萤，透过洞中几摊浅浅的水洼，折射到莫凯睿身上。长身玉立的男孩，温柔的眉眼，周身笼罩在柔光之中，好像从漫画中走出来的美男子一样。

沈晨曦心脏乱跳，她连忙收敛心神，转头朝洞深处张望："我们找一处干净的地方坐下吧！"

没听到回复，她疑惑地回头搜寻。

不是吧！他又摔了！

"唉，难道这就是传说中的'帅不过三秒'？"

似乎看出沈晨曦在吐槽自己，莫凯睿郁闷地双手撑地，行动迟缓地站起来。今天是黑色星期六吧！怎么倒霉的总是他啊？脸都丢光了。

"咳……"他还沉浸在囧态中，突然从旁边伸过来一只白皙秀气的小手，"我牵你吧！"说完，她走过来紧紧握住他的手腕。

一时间，气氛有些尴尬。

"可惜手机没电，不然能拍到比流星雨还美的萤火虫星空！"沈晨曦满脸通红，率先打破僵局。

莫凯睿清了清嗓子，也开始找话题："都怪我，如果不是我的夜盲症，我们早就回到营地了。"

没想到一向"目中无人"的莫凯睿，竟也会有谦虚、自省的一天。话说，这个样子的他，还挺讨人喜欢的。

距离拉近了，沈晨曦的话匣子也打开了："你的夜盲症是遗传的吗？平时晚上都不出门吗？得了夜盲症会瞎吗……"

莫凯睿很想鄙视她："这么多问题，你是十万个为什么吗？"但看到沈晨曦认真的眼神，又忍住了。

"我妈妈也有夜盲症，都是轻微的，除了晚上不方便出门外，其他没什么影响，更不至于变瞎……"

"哦！"

"不过……"

"不过什么？"

"有夜盲症的人，好像并不适合谈恋爱。"莫凯睿极力掩饰着眼底的落寞，故作轻松的语气里带着一丝不自觉的伤感，"曾经我喜欢过一个女孩。她生日的时候，想要我陪她去看五月天的演唱会，可是……只是这么简单的要求，我都做不到，呵……"

"莫凯睿……"不知道为什么，看着这样的他，沈晨曦的心隐隐作痛。她不想回忆从前，但眼前的他，和她又是多么相似。

"我也给你讲个故事吧！"她悠悠地开口，"我有一个朋友，和初恋男友很相爱，男生曾许下承诺毕业就结婚。大三暑假，她陪男友回他老家青岛度假。男友父母看了很欢喜，准备了一大桌海鲜。女生不忍拒绝，可还没吃几口就哮喘发作，男友父母被吓到。后来……"

"后来，男生在父母的逼迫下，和她提出分手……"莫凯睿适时地补充道。

"嗯！人们都说小说来源于生活，可其实，现实比小说更残酷！"

"好心疼你的朋友！明明说的是你自己的故事，却要'嫁祸'在她头上！"

此言一出，两人都笑了。

"可是，沈晨曦，你有没有想过，因为这点儿小事就放弃爱情，不是太孬了吗？"

被质问的人，摆出一副"你不也一样"的表情，又讲了个故事。

有一个女孩为男孩做了他最爱的可乐鸡翅。

男孩尝了一口，说："真好吃。"

女孩也吃了一口："骗子，根本没熟。"

这时，男孩温柔地摸着女孩的头，说："小傻瓜，你做什么我都觉得好吃。"

几天后，男孩和女孩得禽流感死了。

"很好！这次，女主角不是你！"

"当然，我这么聪明，才不会蠢到去尝没熟的鸡翅呢！哈哈！"

"有没有人对你说过，你笑的时候比哭更难看。"

沈晨曦努力憋回眼泪，心里的情绪不断翻涌。她微微仰头，转头瞥向莫凯睿："我知道你想说什么，但是，我不需要你的安慰。"

莫凯睿看着她故作坚强的侧脸，心口一阵阵泛酸。他的初恋远没有她的深刻，他早就走出来了，她却还陷在往日的旋涡里。

他突然有些嫉妒那个被沈晨曦放在心里的男生。

"沈晨曦，他吻过你吗？"

"啊？"沈晨曦回头的一霎，感觉到唇角一阵温热，莫凯睿的吻如羽毛轻轻拂过。

"沈晨曦，这是我和你的第二个吻！"

天一亮，山洞刚露出曙色，沈晨曦就动身往营地走。

莫凯睿见状，也立刻跟在她的身后。他看着她单薄瘦小的身影，心里有些恼怒。自昨晚那个蜻蜓点水的吻之后，她就一直与他保持距离，好像他是会吃人的怪兽似的。

"沈晨曦，你等等……"

不理。

"你走错方向了！"

继续不搭理。

"关于昨晚的事，我……"

沈晨曦终于停下脚步。

"莫凯睿，昨晚我们只是迷路了，然后，误打误撞进了一个很美的山洞，聊了一些很久以前的心事。我不记得有什么其他事，我只知道原来高冷骄傲如你，也有别人不能触碰的痛处。我不会再对你有偏见了，你帮过我那么多，以后我们就像哥们儿一样和睦相处吧！"

说完，沈晨曦头也不回地大步离开，丝毫不给莫凯睿纠缠的机会。

"其实我只是想跟你说，我们应该记住昨晚山洞的位置，以后有机会带小伙伴们来见识见识。"莫凯睿跟上去，狡黠地笑道，"原来，你满脑子都是昨晚的那个吻啊！"

"你……"

沈晨曦真的要疯了，世上为什么会有如此厚颜无耻之人啊！早知道，就把他丢在黑暗里，任他自生自灭了。

莫凯睿点到即止，不再继续激怒她，转而又恢复了正经的神色，拉住她的手腕道："别任性，跟着我走！这片山林很大，一旦走错路又会被困住。我们找找昨天的痕迹原路返回，希望可以遇到大部队。"

虽然沈晨曦很想离莫凯睿远一点儿，但路痴如她，似乎真的不适合单独行动。

"晨曦姐……"

"莫社长……"

半个小时后，沈晨曦听到了徐小小等人焦急的呼喊声。

昨晚，他们失踪了一夜。这荒郊野岭的，两人毫无音讯，天黑路滑，想要救都不知道往哪儿去救，其他人都担心坏了。

果然，脚步声越来越近的时候，沈晨曦看到了冲到最前面的徐小小。显然，徐小小也看到了他们。她一个箭步冲过来，给了沈晨曦一个大大的熊抱，询问的声音也带着哭腔："你们去哪儿啦？吓死我了。"

"我们迷路了，在附近山洞窝了一宿。"一旁的莫凯睿简单解释道。

"表……莫学长……"徐小小一看到莫凯睿，就气势汹汹地责问道，"你为什么擅自带着学姐走出营地？你不是知道这里地形复杂，很容易迷路吗？"

平常徐小小这么跟他说话，他早就几个暴栗上头，打得她哭爹喊娘了。可今天……

他垂眸瞟了一眼沈晨曦惨白的脸色，说："是我大意了！以后不会再犯这种低级错误了。"

此时赶来的于宇阳瞬间感觉到了气氛的不对劲。

他轻轻拉了拉徐小小的手，说："回来就好，这座山本来就地形复杂，很容易迷路，更何况又是在晚上，黑灯瞎火的迷路也不奇怪。"

"可是……"徐小小还想再说什么。

"是我的错！"一直低着头没有说话的沈晨曦突然出声了，"是我出来捡柴火，他来帮我，天黑了，就不小心迷路了。"

这么说来，是他们错怪莫凯睿了！

当其他社员和急救人员匆匆赶来时，莫凯睿也把责任都揽在了自己身上："抱歉，让你们担心了！"

沈晨曦没有再说话。她此刻才发现，来找他们的除了天文社的成员，还有朴素装扮的农民叔叔，应该是山脚的村民。而在人群中，居然还有消防员。

惨了，这次真要上社会新闻了。

好在，她和莫凯睿的认错态度还不错。再加上，两人除了在山洞挨冻受了点儿伤寒之外，并无大碍。

虽然浪费了消防员一上午的时间，但幸好虚惊一场，接受一顿教育就没再被追究了。

回去的大巴上，沈晨曦选了个靠窗的位子，然后就昏昏入睡了。这一天一夜的折腾，让她身心俱疲。原本是来给徐小小当爱情军师的，没想到，她自己却闹出个"失踪"大乌龙，还害得莫凯睿被众人责难。

另一边，莫凯睿看到疲累的沈晨曦，内心隐隐有些自责。如果不是他"唆使"徐小小将她带出来，她可能还在学校优哉游哉地过着周末，也不至于经历这一番惊险。

不过，能看到她真实的一面，倒也不失为一种收获。

莫凯睿唇角勾起一个笑容，伸手把沈晨曦东倒西歪的小脑袋轻轻靠在自己肩上，然后修长宽厚的手掌一伸，为她挡住车窗外刺眼的阳光。

"咔嚓！"

坐在后排的徐小小，拍下了这浪漫唯美的一幕。

自从找到这两人之后，她就觉得不对劲。

沈晨曦表现得很安静，而她那个腹黑的表哥，竟也一反常态地沉默，似乎对滞留山洞的事不想多提，倒是一直有意无意瞥向沈晨曦的目光，泄露了他的关心和紧张。

苍天不负八卦魂！

果然让她拍到了他们甜蜜并肩的"铁证"。

嘿嘿，她可得好好炫耀炫耀。

毕竟，她这个"红娘"也是功不可没呢！

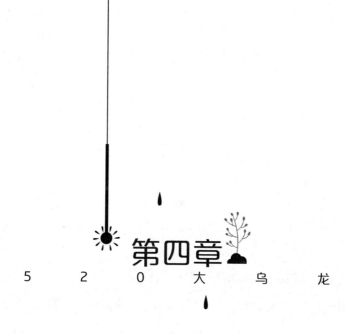

第四章

520 大乌龙

几天后，情侣们秀恩爱的5月20日到了。

沈晨曦雷打不动地宅在寝室睡觉、看剧、玩游戏。每到这个节日，她就是被抛弃的小可怜。平日里，吆三喝四出去看电影、吃饭、逛街的舍友们，一个个都狠心抛下她，陪男朋友去了。就连同是"孤家寡人"的徐小小，似乎也有了约会。

不对，于宇阳不是要准备演讲比赛吗？哪儿来的时间约会？再说了，徐小小什么时候拿下这个"冰山哥"了，她这个当师父的怎么不知道？

沈晨曦一骨碌从床上爬起来，拨通了徐小小的电话："喂！小小，你在干吗？"

"晨曦姐啊，我没干吗！"徐小小支支吾吾地道。

"今天520，你不去约会吗？"

"我也想啊，可是于宇阳明天要参加演讲比赛，我不敢去打扰他！"

"既然这样，不如我们去逛街吧！"

"不不……"隔着电话，沈晨曦都能感觉到徐小小强烈的拒绝之意。

"你现在翅膀硬了，敢拒绝师父的邀约了？嗯？"

"哪能啊，我在为你准备一份特殊的礼物呢！"徐小小卖完关子，又笑道，"晨曦姐，期待吧！到时你会感激我的！"

520，徐小小为她准备特殊的礼物？这怎么听都觉得有点儿诡异。

而且，她可没傻到听不出这小妞语气里隐忍的笑意。

希望不要是恶作剧才好！

她可没勇气再经历一次去露营观星的"惊喜"。

"嘀嘀"，手机提示有短信息。

沈晨曦扫了一眼屏幕，是莫凯睿发来的，心情莫名有点儿复杂。

回学校之后，她一直尽量避免和他见面。如果说，初吻是意外，在山洞的那个吻，却让她真实感受到了莫凯睿对她的"心疼"。

因为她被前男友甩，所以他用一个吻来同情她？

笑话，她才不需要"花心大萝卜"的施舍。

今天是520，他不去跟那些单纯可爱的小妹妹玩，找她干什么？

不看！坚决不回！

不一会儿，手机铃声响了，又是莫凯睿！

沈晨曦眉头微皱，把手机扔进抽屉，爬到床上"躺尸"。

很快就要毕业答辩了，她的论文虽然已经初具雏形，但还在精修当中。虽然有莫凯睿从旁指点，但追求完美的"灭绝师太"可不会轻易放过她，前前后后已经改了十几遍了，可她老人家就是死活不给"通过"。

这样下去，沈晨曦能不能参加答辩还是个未知数！

真烦！

正神思恍惚，她突然听到学校广播在叫她的名字："沈晨曦，你的论文指导老师找你，请火速赶到北栋202……"

真是怕什么来什么！

沈晨曦气恼地用手梳理了下凌乱的头发，飞快地跑了出去。

到了北栋202，却没有见到"灭绝师太"的身影，只看到一个穿着白衬衣的男生背对她伫立在窗前眺望着什么。

"学长！"沈晨曦气还没喘匀，急忙问道，"请问，你看到叶秋老师了吗？"

没反应！

抬头看看门牌，没错啊，是北栋202。

"学长，我是沈晨曦，请问叶秋老师……"

她的话还没说完，却见那人转过身来，朝她坏坏一笑："来得挺快的。2分11秒，这个速度可以考虑参加校运会了！"

莫凯睿！

这人是变态吗？整天闲得无聊，就爱整她玩？

"姓莫的，拜托你能不能成熟点儿，今天不是愚人节！"

"哦？"莫凯睿挑了挑眉，"我能比不接电话的人幼稚？"

"有病！"沈晨曦气急败坏地丢下一句，准备离开。

电光石火间，手被人握住，身体因为惯性，呈现撞进他怀里的姿势：

"你……你干什么？"

耳边响起他低沉的声音："安静一点儿，我有话对你说。"

明明是大白天，沈晨曦的心里却开始放烟花，一束一束灿烂的焰火烧得她的心怎么也平静不下来。

他说，他有话对她说。

他还穿了她最喜欢的白衬衫。

"针锋相对"那么多次，她见过他傲气、霸道、咄咄逼人，甚至面对黑暗时软弱的样子，却独独没有看过他这副温润儒雅的无害模样。

她羞红了脸，良久憋出一个字："好！"

莫凯睿放开她的手，转身朝202教室的讲台走去，好像在那里藏着什么。

"沈晨曦！""灭绝师太"冷冷的声音传来。

"你真的在这里，可我没找……"她余光一扫，看到莫凯睿，脸上立刻笑开了花，"原来是小莫啊！辛苦你了，休息日还要教她改论文。"

"老师客气了，这是我应该做的。"莫凯睿说完，颇为不自然地笑了一下。

沈晨曦莫名有些心虚，对着叶秋说了一声"叶老师，再见"。叶秋只当她是因为听不得她的训斥希望她快离开，竟又唠叨了几句才走。

可怜莫凯睿藏在讲桌抽屉里的那枝红玫瑰都快凋谢了，却还没被拿出来透透气。

"沈晨曦，你愿意做我的女朋友吗？"莫凯睿的声音很轻，却像惊雷

一样从沈晨曦心头滚过。

她看着他手里拿着的那枝红玫瑰，心都快蹦出来了，正欲伸手接过，却看到秦沐阳阴沉着脸从门口走进来。

失神的瞬间，她的手被玫瑰的刺划破："啊……"

秦沐阳捏着她受伤的手指，咬牙切齿地质问："你怎么可以这么快喜欢上别人？"

"砰！"一个拳头揍在他脸上。

"一个过期的前男友，有什么资格说这话？"莫凯睿揉揉出拳的手，嗤笑道。

秦沐阳被激怒，握紧拳头猛地挥过来。莫凯睿微微一侧身轻巧躲过，一记右勾拳又往他脸上招呼。专供毕业生自习的北栋202，两个大男生竟不顾形象地在这里扭打成一团。

"秦沐阳，住手！"

"秦沐阳，我不喜欢你了！"

"秦沐阳，你给我滚！"沈晨曦忍着眼里的泪，失声尖叫起来。

……

"晨曦，晨曦……"

是寝室长的声音。

沈晨曦迷迷糊糊地睁开眼睛，一滴眼泪顺着眼角滑落到枕头里。

刚刚是她做梦了！根本没有什么表白！也没有莫凯睿！更没有秦沐阳！敢情这大白天的，她竟然在梦里当了一次女主角。

"晨曦，你做噩梦了？忘了秦沐阳那个花心男吧，他不值得你这样。"

"就是，听说他一毕业就会和经管系那个系花谢小楠订婚。无耻花心男，当代陈世美，呸！"

"订婚？"沈晨曦没想到，梦中秦沐阳还拉着她的手，不准她走向别人，梦醒了，却听说他即将娶别的女孩。果然，梦都是相反的。她终究还是成了他生命中的过客。

"没事！"面对室友焦急关心的眼神，沈晨曦挤出一个无懈可击的笑容，解释道，"我刚刚只是梦到有男生为我打架了，而且还是两个超级无敌大帅哥哟！"说完，她炫耀似的眨了眨眼睛。

寝室的几个人默契地交换了一个眼神，绝口不提她梦中叫着秦沐阳名字的事，纷纷转移话题，打听起帅哥的身手来。

沈晨曦此时才彻底回过神来，她闭上眼稍稍回顾了下梦境。嗯！是莫凯睿先动的手，下手极狠，拳拳到肉。如果不是亲眼所见，真难想象他还有如此狠厉、强悍的一面。

不过……

那一刻，为了她揍秦沐阳的莫凯睿，真是太帅了！

看着刚刚还涕泪横流的沈晨曦瞬间陷入痴迷状态，室友们哭笑不得。难道，梦见帅哥还有治愈情伤的功能？

今天是毕业论文答辩安排表下发的日子，室友们早早地就打开校园官

网等结果。沈晨曦却一副"死猪不怕开水烫"的样子，百无聊赖地点着鼠标在网上闲逛，逛着逛着就进了一个叫"周公解梦"的论坛。

"梦见打架，预示会结识新的朋友。"

"梦见两个男生为自己打架，未来几天，桃花运将和财运齐飞……幸运数字3，买彩票将有意想不到的惊喜……"

哇！还有比这更兴奋的事吗？

沈晨曦两眼放光地看着论坛内容，整个人都热血沸腾了。长这么大，她连"再来一瓶"的奖都没中过。昨天不光梦见打架，还梦见两个大帅哥为她打架。

完了，她要飞上枝头变凤凰了！

正当她沉浸在"变身白富美，迎娶高富帅"的美梦中时，"灭绝师太"打来了"夺命连环电话"。

沈晨曦被吓得从电脑桌前直直地站起来，下意识地立正站好，清了下嗓子，才颤颤巍巍地接起电话："叶……叶老师……"

"沈晨曦，限你两分钟内赶到我办公室。"

"啊……嗯……"

"迟到一秒，有你好看！"

"是！"

"灭绝师太"狮吼功再现，沈晨曦吓得心跳都快骤停了。周公啊，你预示了桃花运财运，怎么独独算漏了师生运呢？

挂了电话，沈晨曦以"八百里加急"的速度，向教师办公室冲。赶到的时候，其他老师竟不约而同地向她投来意味深长的目光。

沈晨曦一僵，难道论文真的夭折了？

不能参加答辩，真的好尴尬呀！

难怪连空气都这么安静，都在同情她吗？

终于，"灭绝师太"出声打破了这安静："沈晨曦，听说你和莫凯睿在谈恋爱？"

"啊？"沈晨曦一脸茫然，不是论文被毙了吗？怎么扯到她和莫凯睿身上了？谈恋爱？根本没有的事，到底是谁在造谣？

"叶老师，莫凯睿在教我写论文，这也是您授意的。但我们只是纯洁的同学关系，您不要听信谣言啊！"

"既然这样，那这张照片你怎么解释？"

沈晨曦凑近一看，"灭绝师太"的电脑屏幕上有一张"女生轻靠在男生肩膀上，男生为她遮挡车外阳光"的背影照。旁边还有沈晨曦和莫凯睿的头像。最可恶的是标题——冷面宅女收割风云学长，爱情是个磨人的小妖精！

这是学校官网上娱乐八卦版的一个帖子，因为很高的点击率和回帖率被置顶，竟然和"论文答辩安排通知"排在平行位置。

这么醒目的标题，难怪"灭绝师太"会看到，并且气得脸色发白。

沈晨曦记得自己和莫凯睿没有一起坐过车啊！除了……莫非是去看流星雨那次？可是，她那天醒过来的时候，身边明明坐的是徐小小啊！这其中一定有什么误会。

想到这里，沈晨曦抬头看向叶秋，认真解释道："老师，真的不是您想的那样，我和莫凯睿之间什么都没有。"

然而，"灭绝师太"压根听不进她说的话，教导道："沈晨曦，我一直都相信笨鸟先飞，所以才安排莫凯睿来教你论文。结果你一心扑在了恋爱上，怎么就这么不懂我的良苦用心呢！"

沈晨曦被说得难堪地低下了头。

叶秋见有效，趁热打铁继续训道："老师不是不准你们谈恋爱，但要分清楚时间、场合。现在是莫凯睿最关键的时期，他大一可是保送到我们学校的尖子生，校领导推荐他到500强企业晟通实习，他表现优秀的话，可以很快转正当晟通的java软件工程师。这个节点不能因为恋爱分心，你懂吗？"

"老师，我明白……"

沈晨曦一边乖乖地点头，一边却在心里凄凉地呐喊："学渣的前途也需要关爱啊！"

"灭绝师太"瞥了她一眼，冷冷地丢下一句"从今天起，你的论文自己搞定，不要再去打扰莫凯睿了"，就放她回宿舍了。

沈晨曦突然觉得很委屈，她也是根正苗红的祖国栋梁，老师怎么能只凭成绩论英雄呢！

再说，别说她没和莫凯睿谈恋爱，就算真谈了，谁耽误谁还不一定！

带着满腹的心酸和委屈，沈晨曦无精打采地回了宿舍，刚到门口，就听到室友们在议论。

"晨曦好棒啊，竟然能拿下第一才子莫凯睿。"

"那是，我们晨曦是谁啊？星座血型控天才少女！"

"之前看他们还水火不容来着，原来早就'明修栈道，暗度陈仓'了，嘿嘿！"

"你们呀，都太肤浅！王子看上灰姑娘，我打包票是因为真爱。"

……

"啧啧，你们这时完全放飞了想象力啊。"沈晨曦趁着她们还没虚构出一部偶像剧前，赶紧打断了这毫无意义的讨论。

"晨曦！"大伙一脸等着听恋爱故事的好奇模样。

"很抱歉！我是受害者。所以，无可奉告！"沈晨曦咬牙切齿地打开校园官网，点进那个帖子。

照片中，女孩安静地倚靠在男孩肩上，车窗外阳光刺眼，男孩怕阳光照到女孩脸上让他睡得不舒服，于是把手轻轻扬起为她遮阳……

本着有图有真相的娱乐精神，发帖人还极"敬业"地为照片配了一段故事，大意是：天才美少年A君，对隔壁班学渣少女C一见钟情。两人互生爱意却遭更年期女老师B棒打鸳鸯。于是，俊男美女双双携手坐公交车私奔，浪迹天涯……

活脱脱一篇言情文，傻子都看得出来是娱乐大众的。偏偏还有人相信，更有自称"真相党"的，把这出闹剧描绘出了数个版本，还对号入座把她和莫凯睿的头像剪辑粘贴在旁边。

"有病！"沈晨曦暗骂一声，撸起袖子一副想要揍人的架势。

第四章

520大乌龙

室友们看出她是真生气了，纷纷围上前来劝慰。

"晨曦，清者自清，谣言都会不攻自破的。"

"对对对，眼不见为净，你别放在心上。"

……

室友们争先恐后发表自己的意见，都是劝沈晨曦"息事宁人"的。反倒是一向不爱凑热闹的寝室长语出惊人："我可以查出造谣的人是谁！"

这句话正中沈晨曦的心意，她猛地转过头，兴奋问道："怎么查？"

"IP地址。"寝室长回了一个柯南式的微笑。

"对！真相只有一个，查！"

当寝室长通过层层关卡设定，迅速锁定发帖IP地址，抽丝剥茧查出发帖名是"徐小小"时，沈晨曦既愤怒又震惊。

愤怒的是，她千算万算，没算到背后"黑"她的人竟然是徐小小。

震惊的是，同样学了四年计算机，为什么她不知道还有个叫"IP地址"的东西。不会有了这个东西，她在网上看的那些"少儿不宜"的文章都能被查出来吧！

真的好恐怖呀！

"喂！"眼看沈晨曦又开始陷入幻想，寝室长只好出言提醒，"现在最重要的是找徐小小问清楚事情的真相。"

"对哦！"沈晨曦拿着手机火急火燎地出门，刚到门口又转过头来，欲言又止。

寝室长看出她的小心思，双手举过头顶，信誓旦旦地发誓："我没有查过你的IP，以后也不会查。"

"嘿嘿……"听到保证，沈晨曦这才一溜烟地跑去找徐小小。

寝室长无奈地摇了摇头，确定她看不到自己的表情后，才狠狠地翻了个白眼。计算机学生都会的事，就她一个人不知道。这个傻瓜，为了秦沐阳放弃自己的专业，转到枯燥难学的计算机系，到头来，还是赔了爱情又折兵。刚刚还怕被查出看小黄文，拜托，她枕边的那一大摞言情小说，早就"出卖"她了！

沈同学的智商，还真是堪忧呀！

沈晨曦是在公共教室堵到徐小小的。

每逢上大课，几百号同学就挤在一个教室里。要从密密麻麻的人群中，找到没什么特色的徐小小，还真不容易。

好在，和徐小小混了那么久，沈晨曦也摸出了些门道。那就是于宇阳附近，必有徐小小。放眼搜寻一圈，果然，那丫头正站在长身玉立的于宇阳面前，手舞足蹈地解释着什么。

沈晨曦几乎要仰天长啸，小样儿，终于找到你了，看我不把你"碎尸万段"。

她气势汹汹地走过去，对着于宇阳微微额首："抱歉，这人借我一下。"说完便拉着徐小小出了教室。

此时徐小小心里那个悔恨呀，早知道就把那张照片重金出售给表哥了，还能赚些零花钱，现在闹这么大一出，晨曦姐一定不会放过她的。

呜呜呜，原来晨曦姐生起气来这么吓人，她的手腕要被抓青了！

"呵呵，晨曦姐……"徐小小讨好地笑着，小心翼翼地挣扎了两下。

"好玩吗？"沈晨曦放开她，双手抱胸，恼怒地喝道，"说吧！什么时候拍的那张照片？为什么要放到网上去？"

徐小小眨巴眨巴眼睛，一副老实交代的姿态："那天露营观星回来时，我看你靠在莫学长的肩膀上睡得很香，他又替你挡太阳，俊男美女的画面实在太美了，所以就偷拍了。"

沈晨曦强忍住翻白眼的冲动，质问道："拍就拍了，为什么还要放到网上？"

"嗯……"徐小小支支吾吾半天，憋出一句，"老师说，好东西要懂得分享。这么唯美的照片，只有我一个人看到，不是暴殄天物吗？所以，传到网上……"

"徐小小！"沈晨曦抓狂地打断她的话，双眼怒视着她，"你知不知道因为你的'分享'，我在学校出名了，两个小时前还被'灭绝师太'叫到办公室'亲切关怀'了一番。"

徐小小被堵得说不出话来，搓着手掌自言自语："我真的不知道事情会变成这样，不过……"她猛地抬头看向沈晨曦，说道，"我发誓！我真的只传了那张背影照，你和莫学长的头像不是我加的。"

说完，她作势挥了挥拳头："如果让我查出是哪个没节操的家伙在后面跟帖捣乱，我一定让他吃不了兜着走！"

唉，这丫头，也是个少根筋的主儿。

"算了，托你的福，我可不想再上头条了。"沈晨曦戳戳徐小小的脑袋瓜，警告道，"这次就原谅你了，下次不要再拍这样的照片了。我和莫凯睿只是单纯的同学关系，不想被别人误会……"

"可是，我表哥是真的很喜欢你。"

"你……表哥？"

哎呀，糟了，她怎么一着急，把莫凯睿是她表哥的事说出来了？

"啊……那个……"

"坦白从宽，再敢说谎……"沈晨曦凶狠地朝她做出一个弹栗暴的动作，"有你好看！"

徐小小皱巴着一张脸，欲哭无泪地开口道："莫凯睿是我表哥，因为你讨厌他，所以我一直没敢告诉你。逛商场那次，是他示意不准我跟你上前掺和，那次露营观星也是莫……哦，我表哥让我邀你去的，他……"

她还没说完，沈晨曦丢下一个"你死定了"的眼神，转身消失在了她的视线中。

徐小小哀怨地望了下碧蓝如洗的天空。

这次真的完了！

"原来，520那天，你在忙这个？"徐小小的背后忽然响起一个低沉磁性的男声。

徐小小回头一看，于宇阳双手插兜，踱着步子慢慢地走到她面前。

"嗯——我好像又做错事了。"她尴尬地笑笑。

于宇阳把一枚奖章似的东西塞到她手里，冷冷地开口道："你做错的

事何止这一件。"然后酷酷地转身离开了。

徐小小低头看着手里那枚演讲比赛奖章,无语凝噎。

于宇阳在怪她没去为他加油吗?

沈晨曦气呼呼地找到莫凯睿时,他正和另外一个男生在天台"谈话"。而那个谈话对象竟然是她的前男友——秦沐阳!

虽然偷听是件不道德的事,但她沈晨曦本来就不是什么君子啊!再说了,电视剧里都演了,一般重要的秘密都是要靠偷听的。所以……傻瓜才不听呢!

沈晨曦悄悄走近几步,竖起耳朵听他们在说什么。

"莫凯睿,你费尽心思接近沈晨曦,究竟有何目的?"

"接近?目的?"莫凯睿语带嘲讽,似笑非笑地挑挑眉,"堂堂计算机系精英,怎么满脑子都幻想着被别人伤害,难道宫斗戏看多了?"

"有没有被害妄想症,这就不劳你莫大社长操心了。晨曦是个单纯的女孩,我不准你伤害她!"

这么肉麻的台词,这两个人以为自己在拍偶像剧吗?沈晨曦暗自腹诽,小脑袋不安分地往外伸了伸,奴隶伸长脖子想听得清楚一些。

"我知道你是保送生,天之骄子,不屑把我们这些凡夫俗子放在眼里。但是,你别忘了,我能和你一起被推荐到晟通集团实习,实力也不输于你。"

"所以?"

"所以，java软件工程师的名额我势在必得。请你不要再用这种下三滥的手段和沈晨曦炒绯闻，这种阴招对我一点儿也没有用。"

"哦？"莫凯睿拖长了语调，满不在乎地耸耸肩，"我没记错的话，一年前你和沈晨曦已经分手了。作为一个经不起考验的过期前男友，你和她还有半点儿关系吗？"

秦沐阳眉毛拧成一团："你，你怎么知道？"

"呵……"莫凯睿看他神情激动，继续点火，"我还知道，你甩了沈晨曦之后，不到一个月，就和经济管理系系花谢小楠在一起了。难道这也是你父母逼的？你敢说你没有别的私心……"

远处拐角的地方，沈晨曦隐隐约约听到"谢小楠"的名字，心里一阵黯然。她是见过谢小楠的，全校公认的古典美女。有好几次，她还看到隔壁学校的男生来给谢小楠送情书。

其实，秦沐阳理想中的女朋友就是谢小楠那样的，安静淡雅，气质如兰。不像她，成天咋咋呼呼，娇蛮又不可爱。要不是……要不是她和秦沐阳认识得早，也许他们就不会在一起，也就没有后面的分手。

唉，这是不是就是传说中的，在正确的时间遇到了错误的人呢！

她这一晃神，那边火药味十足的"谈话"已近尾声。

再次收敛心神侧耳倾听，却只听到莫凯睿说了一句："就算我要使阴招，也该是利用你的现任女友谢小楠，沈晨曦早就不是你的砝码了。"

秦沐阳一阵沉默，讪讪地离开了。

他，竟然，走了！

按照沈晨曦梦中的情景，这两人不是应该狠狠地打一架，争个天昏地暗吗？两个人针尖对麦芒地你一句我一句，就这样结束啦？

没劲！

"你躲在这里做什么？"莫凯睿居高临下地看着沈晨曦。

"嘻嘻，我……我在这里看风景啊！"

"看风景？"莫凯睿好笑地看向她，"以你的身高，蹲着恐怕只能欣赏到这天台的栏杆吧！"

"莫凯睿！"沈晨曦一声吼，猛地站起来，却因为两腿发麻，一个趔趄往后栽去。

莫凯睿眼疾手快地一把将她拉在怀里，小声呵斥道："小心点儿！"

沈晨曦站直身子，瞟了眼莫凯睿，讷讷开口："刚刚，你和秦沐阳聊了什么？"

"我们聊了什么，你不是都听到了吗？"

"前面都听到了，后面我开小差去了，再想听的时候，你们已经聊完了……"

"哦？"

该死，她这不是主动承认自己刚刚在偷听吗？

既然这样，那就索性打破砂锅问到底吧！

沈晨曦抬起头，说道："我刚刚是偷听了，但你们说什么利用，我没听懂！莫凯睿，我现在命令你，立刻、马上给我解释清楚！"

莫凯睿看着她清亮的眸子，不禁失笑。他伸出手揉了揉她的脸颊：

"你的脑子里到底装了什么？一般的女孩听到被利用，不是早就悲愤地离开了吗？"

"不好意思，我不是一班的，我是二班的。"沈晨曦没好气地翻了个白眼，继续胡说八道，"我们二班的女生，从来都是有话直说，不让误会超过二十四小时。"

"是吗？"

"当然了！"见莫凯睿附和自己，沈晨曦说得更起劲了，"我可不像你，一个大男生跟被偶像剧中毒的大妈似的。上次我提议去山洞，你说我是为了和你单独相处；这次听到被利用，你还质问我为什么不离开。拜托，本姑娘都没听全，现在跑掉不是太亏了吗？我才没那么蠢，偷听也要有始有终啊！"

"哈哈！"莫凯睿再也忍不住，哈哈大笑起来。

这丫头，总能说出那么多歪理。

怎么办？他好像越来越喜欢她了。

莫凯睿牵着沈晨曦的手，走到天台边。

极目远眺，整齐排列的教学楼，间或种着一片翠绿的香樟树。阳光下，香樟树的叶子翠绿欲滴，像极了他们青葱如诗的时光。

"还真挺适合欣赏风景的。"

"什么？"刚刚被莫凯睿牵过手后，沈晨曦就一直处在失魂状态。此时听他说看风景，也是一副漫不经心的样子。

莫凯睿轻笑："你不想知道我和秦沐阳聊了什么了？你确定你来找我

089

只是八卦我和他的谈话？学校论坛上的那个帖子……"

"你……你为什么是徐小小的表哥？你还有什么瞒着我？"沈晨曦清醒过来，连珠炮似的问出心中的疑问。

看她一副傻样，莫凯睿不忍心再逗她，声音轻柔地开始解释："那天，我悄悄跟踪逃课的小小，去了云间书吧看见了你。起初，我以为你是骗子就和你吵了起来。后来，我听小小说了你帮她'报复'李司白的事。虽然方式不可取，但不得不说你还是有几分小聪明的。叶老师要我帮忙的时候，我没有想到那个'拖油瓶'就是你。商场那次，你对我横眉冷对，我就忍不住逗你。露营观星本来是社内活动，是我特意让小小把你带去的……"

"那，你和秦沐阳……"

"秦沐阳是计算机系高才生，成绩只屈居我之下，他的名字我当然听过。不过，在遇到你之前，我和他只见过几次面，没有任何交集……"莫凯睿若有所思地顿了顿，继续说道，"那次在山洞，我第一次听说秦沐阳和你的故事。回学校后，叶老师告诉领导，将我和他推荐到了晟通集团实习，但我们之中最后只有一个人能转正。没想到，还没去晟通就爆出了我和你的照片。你是秦沐阳的前女友，他以为我是故意接近你，和你炒绯闻。所以，才有了你偷听到的那场'谈话'……"

沈晨曦总算弄清了事情的来龙去脉，她睁大眼睛，看着莫凯睿："你真的有利用过我吗？"

"沈晨曦！"莫凯睿口气不善地道，"你以为以我的实力，需要利用你吗？"

"可是，秦沐阳……"

"秦沐阳说什么你都信，是吗？你不会傻到以为，论坛上的头像是我加上去的，那些故事也是我编的吧？"

"我……我没有这么想。"

"那你是怎么想的？"莫凯睿转过身气汹汹地逼近她。

沈晨曦的心情有些复杂，她没想到秦沐阳还会因为自己情绪波动。之前，她无意中从室友口中得知，他和谢小楠打算毕业就订婚。所以，他并非那么绝情，心里某个小小的角落，还是有她的？

看到沈晨曦再次走神，莫凯睿没来由地有些心烦。他酸溜溜地问她："沈晨曦，你是不是还放不下秦沐阳？"

"不关你的事！"沈晨曦赌气嚷道。

莫凯睿再次向她走近，直到她退无可退，背抵着天台栏杆。他单手撑着栏杆，头低下微微朝她倾斜："你再说一遍！"

沈晨曦的心跳再次乱了节奏。可一想到"灭绝师太"对自己说的那些话，心里又莫名有些委屈。她从来没有招惹过莫凯睿，为什么他们都把错归咎到她身上？

现在，就连莫凯睿，也来揭她的伤疤。他明明知道，秦沐阳是她的初恋。她已经很努力在忘记他了。

"莫凯睿，以后我的事不用你管。论文答辩我会自己搞定。以后，我们井水不犯河水。再见！"沈晨曦干脆利落地说完，抬头挺胸转身欲走。

　　手腕被拉住，莫凯睿低头看着她，冷冷地一字一句道："我在晟通给你找了个实习岗位，下周一上班。"

　　"我不去！"

　　"你不去，会让我失信人事资源部！"莫凯睿再次捏紧她的手，"你不是要盖章吗？没有实习盖章，你照样毕不了业。"撇下这句话，他板着脸头也不回地离开了。

　　沈晨曦怔住，心不由得一沉。

　　她不明白，她都已经说了和他划清界限了，为什么他还要帮她？

　　难道，真像徐小小说的，他喜欢她？

第五章

前 男 友 V S 绯 闻 男 友

　　从天台下来后，沈晨曦没有直接回寝室，而是一个人晃晃悠悠地出了校门。

　　听了莫凯睿的那席话，她的脑子更乱了。如果，莫凯睿真的喜欢她，那她……该接受吗？可是，她还没做好迎接一段新恋情的准备。拒绝他？那些甜蜜又气恼的感觉，又一直在她心头挥之不去。

　　唉，爱情真是一个烦人的东西。

　　沈晨曦走进与学校相隔几条街的一家小酒吧。

　　酒吧名叫"非"，店面不大，吧台是用建筑工棚的铁皮搭建的，屋顶上上下下悬着精心排列的灯具。酒吧最里面，搭出一方简单却精致的小舞台，在灯光的映衬下，显得大气又迷人。

　　此时夜幕低垂，正是酒吧最热闹的时候。有穿着另类的女生，拿着麦克风在上面忘情地唱着歌。

　　沈晨曦径直走到吧台前坐下，听着劲爆动感的歌声，微微失神。

以前她常和室友来这里。她们爱来这里喝酒、划拳、玩些小游戏，她就一个人静静地窝在角落里听歌。

虽然她酒量很差，喝酒一杯倒，但是歌唱得还不错，偶尔也能上台唱两首。一来二去，她和这里的老板三哥也混熟了。可惜，自从上了大四后，她们一个个都忙着写毕业论文、实习，就很少再来过了。

"嗨，小晨，好久不见！"酒吧里间走出一个长相憨憨的大哥，他跟她打招呼。

"嗨，三哥！"沈晨曦笑眯眯地回礼，"我今天特意来听歌的，还是老规矩……"

"好嘞！"三哥朝吧台的帅小哥比了个OK的手势，那人很快给她端上一杯橙汁，顺便送上她最喜欢的松仁玉米。

"谢谢三哥！"没想到，她几个月没来了，三哥还清楚地记得她的喜好。

三哥摆摆手，很绅士地笑道："客气什么，你们实习这么忙，你还能抽空来这里坐坐，三哥心里很欣慰啊！"

"别这么说。"沈晨曦有点儿不好意思了。只是有一次这里的驻场歌手没来，她临时救了一下场，从那以后三哥就把她当成了"救命恩人"。

"小晨，今天有兴趣上去唱一首吗？"

沈晨曦看着小舞台下群魔乱舞的男男女女，摇了摇头："你就不怕我一上去来首《安眠曲》，你这儿的人都跑光了？"

"哈哈！你啊，几个月不见变得这么贫了。"三哥端起手里的啤酒，

干脆地和她碰了一下杯。

沈晨曦低落了一天的心情，在这熟悉的谈笑间，瞬间放松下来。

"三哥，来，我敬你！"

三哥好笑地看着杯中只剩一口橙汁的沈晨曦："放开喝，喝完了让吧台小哥给你现榨！想唱歌就上去唱，在三哥这儿千万别拘束。"

沈晨曦眼底闪过一丝顽皮的光芒："三哥，我难得来一次，你不陪我喝个尽兴吗？"

三哥不好意思地挠挠头："我待会儿要去约会，就不陪你啦！"

"啊！"沈晨曦哀叹一声，什么时候连"万年单身专业户"三哥都有女朋友啦？嘤嘤嘤，全世界都在秀恩爱，只有她的感情世界一团糟。

看着三哥潇洒离开的背影，沈晨曦郁闷地端起刚榨好的橙汁，猛灌几口。唉，不能一醉解千愁，就以饮料代酒喝个痛快吧！

"哟，这不是论坛上一夜爆红的冷面宅女沈晨曦嘛！"

见鬼！这不阴不阳的语气，好像是花心男李司白。

沈晨曦转身一看，红衬衫配绿裤子，穿得像只花公鸡的李司白正面色不善地向她走来。

果然是冤家路窄！

沈晨曦暗骂一声，转过身坐着不理他，继续啜着手里的饮料。

"怎么，来酒吧不喝酒，装清高啊？你那位风云学长没来吗？是不是怕更年期女老师棒打鸳鸯啊！"

沈晨曦咬了咬唇，忍着没吭声。和这种花心男打嘴仗，简直拉低她的档次。

谁知，李司白就像只苍蝇似的，一直在她耳边嗡嗡嗡地吵："你跟徐小小关系蛮好嘛，竟然联合起来设计陷害我，害得我被于婷婷那个泼妇甩了好几个耳光。还有你，演技不错嘛，还说自己有什么哮喘病，原来都是坑我的。"

"呵呵……那只能怪你自己蠢！我可从头到尾都没说过喜欢你，是你一厢情愿、自作多情。"

"你……"

"我？我怎么样？我就是花心男的克星，你怕啊！你怕就离我远一点儿喽！"

"哼！不要以为我对你没辙。我有本事扒出论坛上那张照片上的人是你和莫凯睿，就能让你们的地下恋情公之于众。我就不信了，你勾搭上了'灭绝师太'的得意门生，她能放过你！"

原来，这一切都是他这个小人搞的鬼。害得她不仅把徐小小骂了一顿，还误会了莫凯睿。这个花心男，真是无耻、下流、恶心到极点！

沈晨曦握着杯子的手青筋暴起："你这个没人喜欢的可怜虫，长得丑就算了，还专干些卑鄙无耻的勾当。你再怎么花言巧语骗女生，她们都不会喜欢上你的。你这种人，活该被甩一千次、一万次。"

"你……"李司白被骂得狗急跳墙，伸出手要来揍沈晨曦。还好她手脚麻利，一把抄起隔壁桌的空啤酒瓶抵挡，他才不敢造次。

此时，别桌的客人也纷纷围拢过来，指责李司白一个大男人怎么能对

女生动粗。

被众人围攻的李司白，立马退缩，灰溜溜跑出了酒吧。

沈晨曦也没有心情再听歌了，紧攥着啤酒瓶一步一步走出酒吧。

大街上，微冷的夜风吹起她的裙摆。她深深地吸了口气，手下意识地撩了撩刘海。

虽然她很不想承认自己无知地把莫凯睿当成了无赖。但是，今天她真的伤到他了。

她拿出手机，拨打他的电话。

"对不起，您拨打的电话暂时无人接听，请稍后……"

挂断，再拨，还是无人接听。

想到他离开时决绝的背影，他，应该不会再原谅她了吧！

"不行，我要去他宿舍找他。"沈晨曦大步往学校走，一个不留神撞到一个人身上，抬头一看竟然是"灭绝师太"。

"沈晨曦，你怎么这么晚才回学校？都大四了，也该给学弟学妹们做做榜样了。走路不看路，这么莽撞。啧啧，你说你啊，将来出社会了该怎么办……"

"对不起，老师，我下次一定注意，我现在立马回去！"沈晨曦说罢，一溜烟跑回了宿舍。

再听"灭绝师太"唠叨下去，宿舍都该关门了。

唉，本来还想直接去莫凯睿宿舍楼下找他的。天不遂人愿，竟然遇上难缠的"灭绝师太"。

莫凯睿，我还是下次再跟你道歉吧！

这是她第几次看手机了？

沈晨曦看着黑黑的手机屏幕，有种想把手机吞下去的冲动。

自从昨天打电话给莫凯睿没人接听后，她就得了一种叫"盯着手机发呆"的病。虽然是自己不对在先，可是她已经先拉下脸来给他打电话道歉了，都一天了，还是不接电话，是什么意思？

还有那个徐小小，电话不接，短信不回。

这对表兄妹是吃定她了是吧！

得！她也不等了，把这点儿时间花在读书上，还能培养一下文艺女青年的气质呢！

"晨曦。"寝室长叫她的时候，唇边带着明显的笑意，"看了一个小时的书，怎么没见你翻动过啊？"

"咳……我看的这部分有点儿艰涩难懂，所以花的时间要长点儿。"沈晨曦的目光都没在书本上，却回答得理所当然。

"你确定……"寝室长拖长了嗓音，"你的书好像拿反了……"

啊！她的脸都要丢到太平洋了。

沈晨曦把头埋进枕头里，欲哭无泪。

宿舍的姐妹几个月前就找到实习工作了，寝室长励志考研，也一直都在刻苦准备当中。眼看离毕业只有一个月了，她的实习手册还空空如也，更别提盖章了。好不容易莫凯睿给了她一个实习机会，她还把他得罪了，

真是越想越上火。

"晨曦，我搞定了！"寝室长冲她晃晃手里的手机。

"啊？"沈晨曦猛地回神，一双水灵灵的大眼睛看向她，问道，"搞定什么？"

"通知姐妹们，今晚回宿舍开卧谈会啊，主题就叫'该不该拿毕业前途和莫凯睿赌气'，顺便预测一下你俩有没有戏。"

沈晨曦呵呵傻笑两声。这种帮倒忙的八卦会，她可以不参加吗？

晚上八点，卧谈会在窸窸窣窣的吃零食声中拉开序幕。

"晨曦，你是不是傻？莫凯睿都开口了，你还瞎纠结什么？矫情！当然要去啊！"

"赞同！明天把我的化妆品借你，化个美美的妆去。"

"可是，我昨天不小心得罪他了，他这两天一直没接我电话。"沈晨曦撇着嘴，不开心地道。

"你还是那个脸皮比长城还厚的沈晨曦吗？想道歉，明天直接去公司找他啊！顺便去实习，一举两得。"

"可是……"

"晨曦。"一直沉默的寝室长忍不住开口了，"如果实在不想去，就不用勉强自己了。你的章我托人给你盖。至于莫凯睿，你如果不喜欢他，离他远远的，才是正确的选择。"

此刻，沈晨曦满脑子想的却是：如果不去的话，莫凯睿会被人事处罚吧！他好不容易为自己争取的机会，却被自己放了鸽子，于情于理都说不过去。

莫凯睿虽然傲气脾气又臭，但自从那次在山洞聊过心事后，他对她的态度简直360度大转变。再加上，去野营观星他还借了肩膀让他靠，这人也还算得上个暖男。

为了他不失信人事，她还是乖乖地去实习吧！

"嗯！就这样决定了，明天去上班！"沈晨曦终于下定决心时，已是凌晨三点，她困得上下眼皮直打架。

而睡眠不足导致的结果是：人生中第一次上班，沈晨曦"光荣"地迟到了。

试用期的第一天，沈晨曦不仅迟到，还糊里糊涂地穿着夹趾拖鞋就去了。更悲惨的是，下公车时还倒霉地崴了脚。

同事们看着一瘸一拐走进办公室的沈晨曦，一个个心里暗喜："有好戏看喽！"

果然，不到五分钟，一个戴着黑边眼镜、穿着黑色职业装的中年阿姨威风凛凛地走了过来。

她身后跟着的那个高大男生，正是莫凯睿。

"莫……"沈晨曦正想打招呼，却看到他脸色铁青，给她甩了一个"安静点儿"的眼神。

而那个阿姨，正围着她上上下下打量，手里拿着教鞭似的东西，在她身边乱晃。

“刘海太长，不合格。”

“T恤、牛仔裤，配拖鞋？以后请不要让我看到你这样没礼貌的装扮。”

“指甲涂得五颜六色，你是来参加选美的吗？”

“黑眼圈这么重，严重影响同事上班的心情……”

……

女人一开口把沈晨曦全身都挑剔了个遍，就差没挑剔她的门牙参差不齐了。

沈晨曦觉得，这简直就是一个“灭绝师太”的升级版。好不容易摆脱“叶师太”的桎梏，又要被眼前这个更年期妇女“荼毒”，她的命是有多惨啊！

“唉！”沈晨曦忍不住长长地叹了一口气。

正说得唾沫横飞的“妇女主任”被她这声叹息打断训话。她推推鼻梁上的眼镜，斜斜地瞥了沈晨曦一眼：“怎么，你有意见？”

“不不不，阿姨，我……”

“阿姨？”四周传来其他同事隐忍的窃笑声。小姑娘很生猛啊！在晟通，谁不知道年龄是李姐的禁忌。

果然……

“我是人事行政主管，请叫我李姐！”“妇女主任”气得脸色发青。

同事们纷纷向沈晨曦投来“自求多福”的眼神。

“李姐，新人不懂事，你别跟她一般计较。”莫凯睿瞪她一眼，柔声跟李姐说，"还是先让她入职吧。小姑娘不懂事，以后您再慢慢调教。"

这一番滴水不漏的话，让"妇女主任"的脸色瞬间缓和下来。

沈晨曦感激地看了莫凯睿一眼，关键时刻，他还是有点儿人性的嘛！

然而……

当她被莫凯睿领着去人事部报到时，她才深深领会到"慢慢调教"的深刻含义。

虽然，她在高手如云的计算机部门就是一个小菜鸟，但是，她好歹也是计算机系毕业的！这"妇女主任"安排她给前台当助手就算了，为什么连保洁阿姨的活儿都要交给她干？

摆明了就是公报私仇。

她不服！

她准备和李姐唇枪舌剑争取自己的权益："李姐……"

"李姐，我这就带沈晨曦去前台工作。"莫凯睿冷冷地打断她的话，把她拉出了人事部。

"沈晨曦，你闹够了没有？"

"什么意思？"沈晨曦撇着嘴一脸委屈地说。

"如果我刚刚不及时阻止，你又想说出什么得罪人的话？"

得罪人？明明是"妇女主任"先公私不分的，为什么把所有的错都归在她身上，"莫凯睿，那天在天台误会你的事是我不对，但这个李姐太欺负人，我，我……"

"怎么？难道你还想找她拼命？"莫凯睿暗暗皱眉，她到底知不知道什么叫职场生存法则，"第一天就和领导顶嘴，这就是你来实习的态度？"

"我就是看不惯她那副欺人太甚的样子！"

"欺人太甚？"莫凯睿双臂环胸，打量她一眼，"你穿成这样，没罚你去扫厕所就不错了。"

穿成……这样？真的有他说的这么严重？

沈晨曦看看自己，T恤、牛仔裤、拖鞋三件套。嗯，确实有点儿像急着去菜市场买菜的大妈。再看向莫凯睿，白色衬衫搭配黑色西装，干净整洁的短发，五官斯文俊秀，职场精英范儿十足。

沈晨曦承认自己确实有错，但她不是故意的。

"不就是职业装嘛，我明天穿就是了！"

"怎么，你很不服气？"莫凯睿睨着她。

"是！你不觉得李姐这样对一个新人，有失风度吗？"

"呵！风度！等你在职场上磕得头破血流，你就不会再跟我提风度了。"莫凯睿的脸色变得更加阴沉，"沈晨曦，如果想顺利拿到实习证明，就好好做事，别再出幺蛾子。"撂下这句警告后，莫凯睿就大步离开了。

背影还真是一如既往的潇洒，可为什么看在她的眼里，那么刺眼，那么讨厌？

回办公室时，沈晨曦在走廊碰到了秦沐阳。

昨天在学校天台时，沈晨曦听莫凯睿说过秦沐阳也在这里实习，所以

104

并没觉得有多惊讶。倒是秦沐阳，对在这里看到她表现得很淡定，好像早就知道她会来似的。

"晨曦！"他大概也看到了她早上窘迫的一幕吧！冲她笑得格外和善，"欢迎你加入！"

虽然和前男友在一个公司实习是件很尴尬的事，但是，总算有人对她表示欢迎了。

沈晨曦低落的心情稍微转晴，她勾起嘴角，回了一声："谢谢，我会的！"

一上午，沈晨曦拖着条伤腿在办公室穿梭。

她的职位说得好听点儿是"前台助理"，其实就是为同事们跑腿打杂的。还好保洁阿姨善良，看她脚崴了没给她派活儿，不然下场更惨！

"沈晨曦，给我冲杯咖啡过来。"

这个李姐，是成心使唤她吗？复印文件、接听电话、收快递……她已经够忙了，喝个咖啡还让她去弄，明明茶水间离人事办公室最近。

虽然心里有些不情愿，但她还是拿着杯子去了茶水间。人在屋檐下，不得不低头啊！

刚泡好咖啡给李姐，一大摞文件被塞到了她怀里："十二点之前整理好，没整理好不准下班。"

沈晨曦腿肚子发软，现在已经十一点半了，半个小时内怎么整理好这么厚的文件啊？

老巫婆，当她是机器啊！

"那个……主管，我的胃不太好，不及时吃饭会胃痛的。"沈晨曦试图唤醒李姐的同情心。

"那就动作快点儿，十二点前整理完，去食堂喂饱你那脆弱的胃。"

真是油盐不进的老古董！

沈晨曦心里暗骂，抱着文件认命地回到工位上。

等她把文件整理清楚，办公室的人都已经去食堂吃饭了。密密麻麻的文字，看得她头晕想吐，眼睛也好累，一点儿胃口也没有。

还有点儿时间，索性不去食堂了，她来的时候看到公司楼下有个小花园，还是去那儿休息下吧！

沈晨曦小步小步挪着，到了公司楼下的小花园，在凉亭中坐下，想到上午被刁难的事，心里很不是滋味。

她上辈子做了什么孽，碰到个比"灭绝师太"还狠的李姐，上班第一天就遭到她的"恶整"，以后在晟通的日子，用脚指头想想也知道有多难熬了。

而更让她伤心的，是莫凯睿的态度。

从她进公司的那一刻起，他就没正眼瞧过她，偶尔瞥过来的目光也带着警告、不悦。她其实只是想听到他说一句鼓励的话，可是什么也没有。看到她受欺负，他也无动于衷。

想到这里，沈晨曦的心情更差了。

"晨曦！"沈晨曦正暗自神伤时，秦沐阳朝着她的方向走过来。高大的影子投在地上，为她带来一片清凉。

沈晨曦的心微微有些失落。

呵……不是莫凯睿。

秦沐阳在她旁边坐下，他没有递擦眼泪的帕子，而是给了她一颗钻石糖。塑料的戒托上，镶嵌着钻石形状的红色糖果。

草莓味！没想到，过了这么久，秦沐阳还记得她最喜欢的口味。

沈晨曦拆开钻石糖粉色的包装，将它戴在中指上。看着阳光下熠熠闪耀的糖果，她微微有些恍惚。

秦沐阳淡淡地笑了："原来……你还记得，吃钻石糖一定要戴在手指上吃。"

"是啊！可是，你为什么会……"

"随身携带钻石糖？"秦沐阳收敛笑意，"习惯了，不开心的时候，就会吃上一颗。"

"啊？"沈晨曦被惊到了。

她记得，他们还没分手的时候，秦沐阳是从来不碰甜食的。而且，他永远都是一副淡然的样子，从来不会表露出高兴或悲伤的情绪。就连分手的时候，他也是一派云淡风轻，一笑了之。

这样的他，会有用吃糖来缓解心情的时候？

"呵！没想到吧！"秦沐阳自嘲一笑，顿了顿，转移话题，"你知道吗？我刚来的时候还被李姐罚去扫厕所了！"

"咦？为什么？"刚刚还沉浸在难过中的沈晨曦，瞬间有了兴致。

"因为聚餐的时候，看到李姐牙齿里有韭菜，然后我就当着全体同事的面，郑重地提醒她了。"

"扑哧！"不愧是她认识的那个耿直男生，"伤人"不见血。

"其实你可以委婉一点儿提醒她，'李姐，你的唇膏掉了，要不要去厕所补一下'，哈哈！"沈晨曦笑得眼泪都流出来了。

"你终于笑了！"

沈晨曦一愣，他是故意用自己的糗事逗她开心？

"咳……秦沐阳，谢谢你！"虽然他们早已分手，但她还是因他这番"雪中送炭"的话而感觉好受不少。

是我对不起你，晨曦！秦沐阳在心中默默地回了一句话。

走廊尽头，目睹这一幕的莫凯睿，心有些隐隐作痛。

那天，在天台不欢而散后，他窝在寝室熬夜写了两天的计算机程序。为了给她争取到实习机会，他和主管达成协议，在自己实习、工作之外，为公司额外写电脑编程。

当时，秦沐阳也在。秦沐阳给他泼冷水："沈晨曦不会接受的，因为她根本不会喜欢这份工作。"

果然，没多久他就接到了沈晨曦打来的电话。他没有接，他害怕真像秦沐阳说的，她打来只是要跟他说："莫凯睿，谢谢你的好意！我不喜欢你介绍的工作！"

今天在公司看到她的时候，他的心里竟然涌出一种久违的难言的惊喜。她来了，总算没有辜负他为她付出的努力。

可是……

她的脚是怎么回事？

他很想冲上去问她，为什么这么小心。然而，李姐已经先一步走向她。没办法，他只好跟在后面，默默提醒她别招惹李姐，免得自讨苦吃。

可惜，真要能乖乖听话，就不是沈晨曦了。

整整一个上午，他的心思都不在工作上。

看着她一瘸一拐做着那些琐事，他差点儿就要冲到她面前，抱起她离开这个破地方了。

好不容易挨到中午，他满大街给她买来跌打损伤药、平底鞋，还有她最喜欢吃的土豆炖牛腩，结果却看到她跟秦沐阳在这儿谈笑风生。

在山洞时，他就听她提过，秦沐阳是用一颗钻石糖追到她的。当时，他还嘲笑她太单纯，一颗糖就把自己的初恋给"卖"了。可现在，看到她把秦沐阳送的钻石糖戴在手上，他的心里超级不爽，恨不得上去揍秦沐阳一顿。

唉……好不容易才跟李姐请了半天假，还是不要再节外生枝了。当务之急，还是先把她送回学校去看医生吧！

"沈晨曦！"

莫凯睿冷冷的声音传来时，沈晨曦还没来得及收住对秦沐阳的笑。

"你来干什么？"沈晨曦笑意收敛，质问的声音比他的更冷。

"我跟李姐请了一下午假，我送你……"

"不必！"沈晨曦果断地打断他的话。他是瞎子吗？难道没看到她根本不想理他？

"沈晨曦！"

瞥到莫凯睿气势汹汹地走过来时，她还是没出息地抖了一下。原来，莫凯睿除了高傲，生起气来还那么吓人。但是，她沈晨曦惹不起他，躲得起他。

"你要去哪里？"看到沈晨曦单脚跳着，扭头就走，莫凯睿三步并作两步挡在她面前。

"不关你的事！"她继续走。

莫凯睿一把按住她的肩膀，强行扶着她坐下："别任性！脚崴了不能乱动。"说完，他小心翼翼给她换上新买的平底鞋，再拿出冰袋敷在她受伤的脚踝处。

一旁的秦沐阳，心头滑过一丝苦涩。

呵！现在这算什么，打个巴掌再给颗枣吗？他难道没听过，"在我最需要你的时候你没有出现，那么以后就不要再出现了"这句话吗？

"莫凯睿，我不用你管！"

"沈晨曦。"莫凯睿深深地吸了口气，"是！今天是我对你态度不好，但你确定还要再这样任性下去吗？"

"任性？"沈晨曦压抑了一个晚上的眼泪终于像决堤的洪水，瞬间爆发出来，"在你眼里，我就只会胡闹，给你添麻烦是吧？"

"上个班都能崴到脚，难道还要我夸你干得漂亮？"莫凯睿睨着她，语气生冷。

"既然这样，你又何必假惺惺地来关心我。"沈晨曦赌气踢掉脚上的冰袋，起身欲走。

莫凯睿的耐心告罄，他长臂一伸，作势将她揽进怀里。

秦沐阳见状，上前想要拉开他的手。

"秦沐阳，我劝你守好当前男友的自觉。"

"莫凯睿，你有什么资格说我？自始至终，晨曦都没承认过你是她的男朋友。"

"呵……是吗？"

"难道不是吗？"沈晨曦被秦沐阳这番话一挑拨失去了理智，开始口不择言，"顶多算个绯闻男友！"

"哦！"听到这话，莫凯睿反而笑了，"谢谢绯闻女友的肯定，我会争取转正的。"

"莫凯睿！"沈晨曦气得眼泪更汹涌了。

秦沐阳攥紧拳头，再次上前来拉他。

"你的谢小楠来送爱心便当了，在一楼休息区！"莫凯睿轻飘飘的一句话成功把秦沐阳和沈晨曦镇住。

趁他们愣神的瞬间，莫凯睿一把抱起沈晨曦，上了回学校的出租车。

学校医务室。

沈晨曦躺在病床上，莫凯睿坐在旁边看着她，两人大眼瞪小眼，谁也

111

不让谁。

直到校医来给沈晨曦的脚做检查，这令人窒息的气氛才被打破。

"啊！好痛！"

"妈呀！痛死我了！"医生才轻轻捏了一下沈晨曦的脚，整个医务室里就充斥着她杀猪般的号叫声。

刚刚还"铁石心肠"的莫凯睿，这下也不淡定了，一个劲儿央求医生："轻点儿，再轻点儿……"

校医是个五十来岁的中年大叔，戴着厚厚的啤酒瓶底眼镜，一双深邃睿智的眼睛从镜片后透出来，有一种说不出的严肃："怎么伤的？"

沈晨曦躲着莫凯睿犀利的目光，讷讷地开口："下公交车不小心，崴到了。"

"不小心？是穿高跟鞋了吧？"

"是！还是五厘米高的拖鞋。"莫凯睿凉凉地补充。

医生大叔挑挑眉，伸手把她的脚抬起来："小姑娘，以前没少崴脚吧？"

沈晨曦用手捂着脸，从手指缝里看过来，尖叫道："神医啊！你怎么知道我常常崴脚？"

医生大叔把手放在她的脚踝上，重重一捏，只听得"咔嚓"一声，骨节移位的声音响起。沈晨曦痛得出了一身冷汗。

"关节这么脆弱，一捏就知道以前崴脚没好好治疗。"医生大叔说完，瞥了一眼莫凯睿挺拔的身影，"虽然是轻微扭伤，但最近一个星期最好不要出门了。"说完就去拿药了。

沈晨曦疼得龇牙咧嘴。

莫凯睿皱紧眉，掏出手机："李姐……"

他还没说两句，沈晨曦一把抢过他手机，果断挂掉。

"你这是干什么？"

"不要告诉我，你要代我跟李姐请一周假？"

"不然呢？你刚刚没听医生说要好好休息吗？"

"那又怎么样？我才不会因为这种小事逃避。"沈晨曦抬起下巴，直视莫凯睿，"我一定会证明给你看，本姑娘才没那么容易被打倒！"

她的脸上还带着泪痕，倔强的样子看得莫凯睿心头一悸。他微倾身靠近她："沈晨曦，你刚刚说，想证明给我看？"

沈晨曦闷闷地"嗯"了一声。

"为什么想证明给我看？"莫凯睿不依不饶。

"我，我……"沈晨曦支支吾吾了半天也没说出个所以然来，倒是小脸红得像个西红柿。

莫凯睿忍不住轻笑出声，伸手擦干她脸上的泪痕，然后低头在她额上落下轻轻一吻。

沈晨曦羞得不敢抬头直视，愣了两秒后，一把拉过被子盖住脑袋，拍着胸口安抚扑通直跳的小心脏。

医生大叔拿药回来时，看到的就是这样的景象：女生羞答答地缩在被子里，男生坐在旁边看着她傻笑。

"咳……"

"医生，您回来了？请问她的脚……"

莫凯睿正细无巨细地询问着医嘱，某个早就憋不住的家伙早已掀开被子，趁着他不注意，自食其力单脚跳到了医务室门口。

开玩笑，她若再不"逃"，整个学校又要传她跟莫凯睿的"绯闻"了。就在刚刚，之前还一本正经的医生大叔，竟然问她莫凯睿是不是她的男朋友，在听到她的否认后，竟然还摆出一副"你别骗我"的表情，然后，还慈祥地叮嘱莫凯睿："小帅哥，你女朋友脚不方便，待会儿要抱她回宿舍哦！"

让他抱回宿舍？

开玩笑！这学校到处都是爱慕他的小学妹，她可不想成为被围攻的对象。做女生啊，还是坚强自立点儿比较好！

沈晨曦正跳着脚想得入神，下一秒，"啊"，她双脚直接腾空，身子落到一个有力的怀抱里。

"为什么不等我？嗯？"触目可及的是莫凯睿棱角分明的英俊帅脸。

"呃……"沈晨曦僵着身子，小声开口，"你……你快把我放下。"

某人当听不见。

"莫大社长，这是学校，请注意你的言行举止！"沈晨曦循循善诱。

某人依然我行我素。

"莫凯睿，你没经过我的同意就抱我，你这是耍流氓！无耻！"

某人却更加抱紧了她，佯装无奈："我只是听从医生的吩咐将病人送回宿舍。怎么？这也有错？"

啊啊啊！

这人还能再厚颜无耻点儿吗？

虽然现在是中午，烈日当空，在校园里溜达的人很少。但是，他这么大大咧咧地抱着她，还是会被人认出来的呀！

刚刚才止住的眼泪，又有汹涌而出的趋势。惊慌、害怕，甚至还有一丝莫名其妙的羞赧，让沈晨曦浑身不自在。她拼命想从莫凯睿的怀里挣脱出来，却被他用双倍的力气紧紧抱住。

"你再动，我就不走了，抱着你站在这里让同学们围观！"

"别！"沈晨曦泪流满面，心如死灰，小脑袋不断往莫凯睿怀里钻。现在，她只希望不要有人认出她。

然而……

"莫学长！莫学长！"此起彼伏的尖叫声从前方传来。

她最不想遇到的一幕，还是"残酷"地发生了。

"学长，你怀里抱的是谁啊？你女朋友吗？"学妹们咬牙切齿的声音越来越近。

莫凯睿不说话。

沈晨曦把头埋得更深。

"莫学长，可以给我们看看她是谁吗？"

沈晨曦觉得自己的脸越来越烫，心跳也一声比一声剧烈。

"不好意思，她受伤了，我现在要送她回寝室，麻烦你们让让。"

115

"扑通"，"扑通"，心快要从嗓子眼里跳出来了。沈晨曦抓着莫凯睿的衣领，小声地催促："快走！快走！"

终于快要到宿舍楼下了，50米，20米，10米……快了，快了，她就要解脱了。

"晨曦姐！晨曦姐！你怎么了？"

徐小小，叫那么大声干吗，生怕别人听不到吗？

不过一天时间，"沈晨曦和莫凯睿热恋"的帖子，再次占据了学校论坛头条，论坛上铺天盖地全是莫凯睿抱着沈晨曦的亲密照片。

那个让沈晨曦全程别扭、惊慌的"公主抱"，也被拍成秒拍、剪成动图，在校园论坛上滚动播放。因为照片中的两位主人公都是毕业生，所以此次标题也取得格外"悲壮"——最美不过"黄昏恋"。

让沈晨曦没想到的是，她和莫凯睿竟然莫名其妙地成了"校园情侣"的代表，甚至还有人给他们取名叫"省（沈）墨（默）夫妇"，建立专门的贴吧记录他们的爱情故事。

而当天晚上，事情竟出现了惊天逆转！

先是莫凯睿宿舍的男生放出话来，据莫凯睿本人爆料，因为沈晨曦崴了脚，他作为校友兼同窗，只是路见不平送她去医务室而已，根本不是学校论坛上传的，他们是情侣关系。

随后，像是为了佐证他们说的是实情，论坛上又出现了沈晨曦去医务室看脚伤的照片，还有医生给她开的看诊单、药方。

之后，又有眼尖的同学扒出，晚上十点莫凯睿曾匿名出现在学校论坛上，低调地回答了一些比较刁钻古怪的问题。比如：你为什么是抱着沈晨曦而不是背？莫凯睿的回答是：抱的姿势显帅。还有人问，为什么不直接叫她寝室的同学去接她？莫凯睿：男生不该让女生受累。此外还有一些攻击沈晨曦长相普通的，莫凯睿幽默地调侃，女人何苦为难女人……

　　这一番似真似假的互动问答后，"沈莫夫妇"绯闻很快演变成了莫凯睿暖男表现的一个小插曲。

　　"这个莫凯睿也太自大了，为了和你撇清关系，竟然把你的看诊单都公开了。还说什么男生不该让女生受累。呸！抱你回寝室引起轰动的时候，怎么不想想你的感受！"一向对莫凯睿持公正态度的寝室长，刷帖子刷得心头火大。

　　她看向还在傻乎乎发呆的沈晨曦，恨铁不成钢地道："你倒是说句话啊！回来后就变哑巴啦！我早就跟你说过了，不喜欢他就离他远点儿，现在闹得全校都知道了，你就不怕被喜欢他的学妹当成情敌攻击？"

　　沈晨曦没有说话，她想起下午莫凯睿抱占据回宿舍的时候，跟她说的那句"对不起"。她看得出来，莫凯睿一开始抱她的时候，是打心底里有些兴奋，还有几分莫名其妙的激动，可是当学妹们围过来场面失控，特别是差点儿撞到他怀里的她时，他的表情是生气、懊恼的，她甚至能看到他眼里浮现的焦躁、烦闷，还有想要带她冲出人群的急切……

　　他之所以这么说，是想保护她吧！

　　沈晨曦正想得入神，莫凯睿的短信来了。

盯着手机屏幕上那简单的六个字——"不要乱想，晚安"，沈晨曦终于忍不住笑了，她想得没错，这人果然是有"预谋"的。

认识他那么久，今天第一次觉得他很有魅力！

第六章

以后有我在，你别想再插手沈晨曦的人生！

闹钟准时在八点响起！

虽然脚还是有些痛，但沈晨曦可没忘记对莫凯睿许下的豪言壮语。今天是她上班的第二天，绝对不能再迟到。

当她穿上从寝室长那儿借的职业套装，再用唇膏轻轻地抹了下嘴唇后，时针刚指向八点一刻。

沈晨曦对着镜子比了个"完美"的手势，踱着小步慢慢往门口走。她在心里暗暗鼓励自己："不要急，时间还够，离九点上班还有大半个小时的时间呢，足够打的去公司了！"

她正准备拉开寝室门下楼时，"哈喽"，徐小小从门外蹿进来，给了她一个大大的惊吓。

"徐小小！"沈晨曦对这丫头总是突然出现很是不满，"你一大早不去上课，来我这儿干什么？昨天你那么一喊，我已经上了校园头条，今天又想干什么？我要上班，可没时间陪你瞎折腾。"说着就要推开她出门。

趁着沈晨曦唠叨的间隙，徐小小已经在寝室桌上摆满了早餐，豆浆、油条、茶叶蛋、烧饼，甚至还有一碗米粉。沈晨曦看着这一桌丰盛的早餐，肚子一直在咕咕叫。自从昨天大闹一场后，她好像都还没有进过食。

别说，还真有点儿流口水。

徐小小看她的表情，默默在心里给表哥点个了赞，然后二话不说拉着她坐下用餐。

沈晨曦倒是很想享用这顿免费的、丰盛的早餐。可是，时间不等人啊，一想到李姐那张"阎王脸"，她连吃早餐的欲望也没有了。

"小小，你吃吧！我赶着上班呢！"

"坐下！待会儿我送你去！"徐小小摆出"不吃就不放你出门"的架势。

嘿！这徐小小，什么时候染上她表哥的霸道作风了？

也罢，不吃白不吃。既然盛情难却，那就恭敬不如从命了。

沈晨曦狼吞虎咽，终于把所有早餐都吞进肚子里时，已经八点半了。

完了，完了，她要来不及了。

沈晨曦顾不上和徐小小说"谢谢"，拖着伤脚就往门外赶。

徐小小一个箭步冲过来，把她的左手搭在自己肩上，承担她身体大部分重量后，扶着她慢悠悠往楼下走。

"小小！我真的要迟到了！"

"晨曦姐！相信我，今天你一定不会迟到！"

　　好不容易挪到了校门口，徐小小却没有停下的意思，一直把她往拐角的街道领。

　　沈晨曦再好的脾气，也忍不了了："徐小小！"她当街大吼起来，不悦地盯着她，"你到底想干什么？"

　　此时，一辆黑色摩托从她身边掠过，转了个弯后在她眼前停下。

　　沈晨曦看着头盔下那张帅气的脸，惊讶出声："莫凯睿？"

　　"上车！"车上的人扭头冲徐小小使了个眼色。沈晨曦还没反应过来，已经被扶着坐在了摩托车的后座。

　　"沈晨曦，搂紧我的腰！"莫凯睿低沉的声音从前方传来。

　　沈晨曦揪着他的衣服后摆，有些神思恍惚。这一大早所有的事情都是他安排的？他做这么多就是为了送她上班？

　　沈晨曦下意识地去看徐小小，却见她正拿着手机给他们拍照。

　　"小小，你干什么？"沈晨曦无奈极了，徐小小不会又想让她上头条吧！

　　看着她紧张的神色，徐小小忍不住笑了："哎哟，晨曦姐，放心啦！我不会再去校园论坛曝光你们啦。这张照片是要留给你和表哥做纪念的。毕竟……"徐小小说着朝莫凯睿递过去一个谄媚的笑，"等以后你做了我表嫂，你们总得有一些甜蜜的回忆啊！"

　　"徐小小，你瞎说什么呢！"沈晨曦用眼神不断向徐小小飞刀子。

　　莫凯睿给沈晨曦戴上头盔，眼角余光瞥到沈晨曦无奈羞怯的小脸，愉悦地发动了车子。

后视镜里是徐小小兴奋舞动双手的身影，间或还能听到她"表哥，好好照顾表嫂"的调侃声。

沈晨曦哭笑不得。

还好这里离学校有点儿距离，不然被其他同学听到，她真是跳进黄河都洗不清了。

柔和的晨光里，一袭黑色西装的颀长男子载着黑色职业套装的女孩飞驰而过。女孩的头盔下，柔软飘逸的黑色长发倾泻下来随风飘扬，散发出阵阵专属她的淡淡发香。

莫凯睿在这专属于他俩的静谧时光里，突然觉得，沈晨曦崴了脚也并非是件坏事。

而沈晨曦一直以为骑摩托是小混混耍酷才会干的事。可今天看着西装革履的莫凯睿，载着占据穿过喧闹的街道，她有一种逃课出来兜风的痛快感。

她还是秦沐阳女朋友的时候，两人的约会无非是找个阳光明媚的日子，去公园散散步、划划船。大多数时候，秦沐阳都在忙着做兼职赚钱，而她总是跑到心理系去蹭课。

这么寡淡如水的恋爱，她竟然坚持了三年。

最后，连寝室长都看不过去了，戳着她的额头，教育她："让秦沐阳带你看看电影、旅旅行啊！别人谈恋爱，都弥漫着恋爱的酸臭味。你倒

123

第六章

以后有我在，你别想再插手沈晨曦的人生！

好，谈个恋爱像下乡知青，一股子乡土味！"

呵……秦沐阳大概到现在都不知道她喜欢哪个电影明星吧！

"在想什么呢？"趁着等绿灯，莫凯睿回过头来看她，笑得很温柔。

沈晨曦从回忆里抽身出来，调皮地朝他一笑，道："我在想，我这个'路人'昨天被你抱回宿舍，今天又坐在了你的摩托车后座上，你这个'校友兼同窗'，未免也太爱多管闲事了吧？"

"嗯！我乐意！"莫凯睿舒心一笑，"倒是你，确定不要揽着我的腰吗？穿着短裙侧着坐，最容易走光哟！据我所知，社会新闻记者没事也爱拍拍这个。"莫凯睿话音一顿，补充道，"他们把这些叫作职场女性百态。"

"你！"沈晨曦闭着眼睛摸到他的腰，伸手狠狠掐了一下，然后虚虚环住。

"呵！怎么脸红了？"莫凯睿显然没打算放过她，继续调侃。

沈晨曦想下车的冲动都有了，离上班时间不到二十分钟了，这人还有心情"打情骂俏"。

她狠狠瞪他一眼，着急地环顾起周围的路况来。

莫凯睿收起那副痞样，悄悄伸手扣住她环着他腰的手指，低头轻轻嘱咐了一声："抓紧！"绿灯一亮，摩托车便风驰电掣般冲了出去。

离公司十几米远的时候，沈晨曦坚持从车上下来，自己走到公司。

莫凯睿拗不过她，先去把车停好，追上去要扶她的时候，沈晨曦已经一瘸一拐进了电梯。

没有迟到，也穿了正装！指甲颜色昨晚用指甲油洗掉了，就连刘海，也在寝室长整脚的刀功下，被修成了齐齐的一排。李姐还算满意，没有再找她的麻烦，还"特赦"让她回到计算机部门做些文职工作。

沈晨曦心情大好，见谁都是一张向阳花般的笑脸。

中午莫凯睿邀她去吃饭时，她也不特意避开他了，还食欲大好一连吃了三个鸡腿。

看她一脸春风得意的模样，莫凯睿笑她"太容易满足"。

沈晨曦一脸"菜鸟迎来春天"的模样，屁颠颠跑回办公室继续工作。

下午坐莫凯睿的摩托车返回时，沈晨曦没有回学校，而是带着莫凯睿去了自己的秘密基地，三哥的酒吧——"非"。

人群熙熙攘攘的小酒吧里，都是成双成对的年轻情侣，还有打扮时尚的女孩在小舞台上唱歌。

莫凯睿打量着粗犷中又不失精致的另类酒吧设计，戳了戳沈晨曦的手："你常来这儿？"

"嗯！"沈晨曦简单地甩给他一个字，熟门熟路径直朝吧台走去。

吧台小哥看见她来，转身自觉地去榨橙汁，再给她递上一盘松仁玉米。

"帅哥，麻烦再来一杯鸡尾酒。"沈晨曦享受地嚼着玉米，两眼发亮地看向莫凯睿，"你今天有口福了，鸡尾酒是这儿的招牌，这酒混合了黄瓜的清香与金酒的浓烈，初尝酸甜清淡，入喉之后奇异留香。嗯……很像爱情的味道，会让你回味无穷的。”

莫凯睿额头冒冷汗。知道得这么清楚，难道她常喝？

“沈晨曦，不要告诉我其实你是一个酒鬼。”

“莫凯睿，你的脑子被驴踢了，没看到我喝的是橙汁吗？”

“你！”某个被骂的人有发怒的趋势。

“呵，呵呵……我刚刚说错话了。”沈晨曦心虚地别开脸，“咳……我的意思是，我只是喜欢来这酒吧听歌。你看，我都是喝橙汁，滴酒不沾的哦！”

“哦，那鸡尾酒的味道，你怎么知道得那么清楚？”莫凯睿眯着眼，语气不善。

“哎哟！听别人说的啊！”莫凯睿撞邪啦？抓着她喝酒的问题不放。真是，坐摩托车又不查酒驾！

酒吧内间，三哥听闻沈晨曦带着一个帅气的男孩来了，全身的八卦细胞都活了，丢下一干朋友跑到前台来凑热闹。

“嘿，三哥，原来你在啊！今天没去约会？”沈晨曦看到三哥，热情地打招呼，浑然不觉身旁的人刚刚缓和的脸秒变阴沉。

“是啊！刚在里间陪朋友，听说你来了出来打个招呼。”三哥笑得一脸暧昧。这可是沈晨曦第一次带男生来他的酒吧。小伙子长得不错，挺帅气，和沈晨曦还是挺配的。

"小晨，这是你男朋友？"不等她介绍，三哥已经单刀直入地抢先问出了口。

"啊……"沈晨曦不好意思地摇摇头，"不是，是同学！"

"同学"两个字一出口，某个人的脸瞬间又阴沉了几分。

莫凯睿沉默不语，一口灌掉杯中的鸡尾酒，礼貌地朝三哥伸出手："你好，我是莫凯睿！"

三哥回握："你好！我是这里的老板，你可以叫我三哥。我和小晨是老熟人了。你是小晨第一个带来这儿的男生。刚刚说话唐突了，还请不要介意，哈哈……"

"三哥！"沈晨曦翻白眼，怎么感觉三哥话中有话呀！

看沈晨曦急眼，某人的心情瞬间乌云转晴："多谢三哥的提醒，以后我会陪晨曦多来这里捧场的。"

上道！

三哥默默在心里给了莫凯睿一个好评。

然后想到上回的事，三哥转头问沈晨曦："上次听说你在这里差点儿被'欺负'了……"

他的话还没说完，莫凯睿已经一跃而起，抓着沈晨曦的手腕，神色紧张地看着她："上次什么事？什么叫差点儿被'欺负'？"

莫凯睿的力道很大，沈晨曦的手腕就被抓得很痛，都快要瘀青了。

"没事！就是一个酒鬼，我把他打跑了！"沈晨曦不想在莫凯睿面前

提起李司白，她一边小心翼翼地抽出手，一边给三哥使眼色。

三哥会意，连忙转移话题："小晨的歌唱得不错，帅哥，你还没听过吧！今儿借我这个小舞台，让小晨给你唱一首怎么样？在这里听可比在KTV有档次多了！"

"好啊好啊，我也好久没唱过歌了！"沈晨曦说完，毫不扭捏地上台去了。

莫凯睿看到她上台轻轻一鞠躬，选了一首周笔畅的《假面》。乐队背景音乐一起，她柔情婉转的嗓音煞是惊艳。

明明她穿着古板的职业套装，站在五颜六色的灯光下，显得是那么格格不入，可她的歌声却像有灵魂般，一点点地唱进了他的心里。

三哥见他神思恍惚，以为他还在想沈晨曦被欺负的事，便拍拍他的肩，安慰道："帅哥，别担心。上次那小子只是凶了小晨几句，没有你想的那么严重。"说完指了指台上，得意地道，"我说得没错吧！小晨这嗓子都可以去当歌手了！"

莫凯睿的脸隐在灯光里，嗯，这样的沈晨曦确实很迷人。

三哥功成身退，识相地退回内间。

偌大的酒吧，莫凯睿隔着静静听歌的人，直直望过去，与沈晨曦四目相接。而沈晨曦在他认真深邃的眼神的注视下，不小心唱错了几个音调。

莫凯睿愉悦一笑，很好！他对她也是有影响力的！

周五，晨会。

进会议室前，沈晨曦还坐在工位上傻傻发呆。昨天下班前，李姐就交代她要整理好今天的会议资料，发给各位与会人员。听说，莫凯睿和秦沐阳还要在会上做产品软件报告，到时她还得配合用投影仪播放PPT。

为了不在会上出糗，她请教了寝室长一宿，却还是没把那些晦涩难懂的会议资料看懂，最后只看熟了个文件名。至于投影仪，她也是一大早来请前台姐姐教她操作了几遍才勉强熟练。

对于一个计算机菜鸟来说，她有预感今天一定会坏事。

"沈晨曦！"

李姐叫她进去时，沈晨曦正埋首在一堆文件里呜呼哀哉。

莫凯睿经过她身边，敲敲她的桌子："开什么小差？进去开会了。"

沈晨曦两腿发软，她一把拉过莫凯睿来到墙角，悄声对他说道："我害怕。"

莫凯睿以为她是怕开会这种场合，毕竟每次开论文会时，她也都会找各种理由开溜。

他一脸"我懂你"的表情，伸手像摸小宠物一样地安抚她："别怕，有我呢！"

赶来开会的秦沐阳从他们身边经过，重重咳了一声，两人方才中断对话，快步走进会议室。

部门主管一通慷慨激昂的发言之后，沈晨曦小心翼翼地分发会议资料。发完落座不到三十秒，就看到坐在斜对面的莫凯睿用手抵着鼻子，朝她使眼色。

"嗯？"沈晨曦回了一个疑问的眼神，回头把自己全身上下打量了一遍，没穿错呀，着装很得体！再看看桌上的文件，人手两份，完美！

那边厢，莫凯睿眼睛都快眨得抽筋了，沈晨曦硬是没领会他发出的信号的意思。

他正准备站起身来，主管说话了："小沈啊，你发的两份文件为什么一模一样啊？"

沈晨曦低头一看桌子，完了！开会前光顾着和莫凯睿讲话，忘记把文件分类了。

"啊，对不起……"沈晨曦在众同事含笑看戏的目光里，急急忙忙跑去换文件，走到李姐桌前时，差点儿被她眼里嗖嗖飞来的冷箭射成马蜂窝。

幸好，主管没有追究，会议继续。

接下来，是比会议文件更冗长枯燥的讨论。

沈晨曦一开始还能打起精神，装出一副认真开会的样子，看到同事们讨论到激烈处，还点头附和好像真听懂了似的。可慢慢地，她的眼皮越来越重，越来越重，最后手支着下巴打起瞌睡来。

梦里她正啃着香喷喷的鸡腿呢，一声怒吼把她震醒了："沈晨曦！"

沈晨曦吓得睁开眼睛，看到李姐两眼正喷着火，身边的同事也都似笑非笑看着她。秦沐阳双眉紧锁，莫凯睿则示意她擦擦嘴角。

沈晨曦一抹嘴角，白衬衣的衣袖上瞬间沾满了口水。她小脸绯红，当着大伙讪讪赔笑道："不好意思，会开到哪儿了？"

"哈哈……"主管扑哧一声笑了。当了这么多年的主管，他大概没料到他这人才济济的计算机部门，居然会来这么个极品。而这个极品，还是他看重的青年才俊莫凯睿推荐进来的。

"小沈啊，刚刚打瞌睡鼾声很大啊！是不是我们讲得太无趣了？"主管说完，看了一眼旁边坐着的莫凯睿，继续笑道，"小莫，来来来，你们年轻人不是讲究热闹嘛，你来搞一下气氛，把这会开得妙趣横生，让小沈醒醒瞌睡。"

话音刚落，办公室已响起此起彼伏的窃笑声。

莫凯睿看向跟着傻笑的沈晨曦，在心里默默地摇摇头。还好准备PPT时设置了背景音乐，这下她应该不会再昏昏入睡了吧！现在，他担心的是，她会跟着音乐哼起来。

"主管，那我就开始讲我的产品软件吧！尽量讲得简单一点儿。"说着，他有意无意地瞟了一眼沈晨曦。

沈晨曦不满地别过脸去。哼！她的脑回路是简单了点儿，但也不用当着这么多人的面"提醒"她吧。她又气又恼地走到投影仪处，打开笔记本上的U盘，点开文件夹找PPT。

131

　　"葫芦娃葫芦娃，一根藤上七朵花……"手忙脚乱的沈晨曦竟然点开了平时听的音乐文件夹，顿时整个会议室上空都环绕着"妖精妖精，快放了我爷爷"的欢快儿歌声。此时，主管的脸色已经可以用"精彩纷呈"四个字来形容了。

　　莫凯睿快步上前关掉音乐，准确无误地找到PPT，舒缓梦幻的钢琴曲缓缓响起。趁着大伙缓解情绪的空当，他轻轻碰了下还在搓着手暗自懊恼的沈晨曦："去下面坐着，这儿有我！"然后游刃有余地开始讲解PPT。

　　也许是莫凯睿的声音太轻柔，又或许是他贴心善意的解围，接下来一个多小时的会议里，沈晨曦竟然觉得没那么枯燥无聊了，甚至那些像听天书的编程专业词汇，也变得可爱起来。

　　会后，其他人都散了，沈晨曦被李姐留下来一对一教育。

　　"说吧，今天工作出了这么大纰漏，你打算怎么办？"李姐阴恻恻的目光紧锁住她。

　　沈晨曦鼻头一酸，做哀求状："李姐，只要不开除我，什么处罚我都接受！"

　　"真的？"

　　"真的！"

　　"那今天下班之后，把所有办公室都打扫一遍，尤其是厕所，明天一早我会来检查，不要留下任何水渍和脏污。"

　　呃……沈晨曦其实很想对李姐说，能不能罚点儿高端大气上档次的，比如：把文件收编归类啊，或者写份五千字的悔过书之类的。但转而想到这不是她脑细胞能负荷的事，最后只好弱弱地答了一声"好"。

沈晨曦走出会议室，看到秦沐阳斜倚在走廊墙角等自己。

自上次在楼下花园的凉亭短暂交谈后，她再也没有和秦沐阳单独讲过话。

那天，她是感激他的。在她刚步入一个陌生的环境，受到上司刁难、心情低落时，他能挺身而出安慰她，她真的很感动。

但是，她也没忘记他已经是谢小楠的男朋友了。有好几次，她都看到谢小楠来给他送爱心便当。也许是真的放下了吧，她心里一点儿嫉妒的感觉都没有。

她觉得，秦沐阳和谢小楠才是最配的。所以，她自动地和他保持距离，退到普通同事的位置上。

"秦沐阳，你找我……有事？"见到他等自己，沈晨曦很是惊讶。

而秦沐阳此时脑海里却全是会议前沈晨曦和莫凯睿躲在角落里喁喁私语以及沈晨曦出纰漏莫凯睿"英雄救美"的画面。

虽然是他先甩的沈晨曦，可是，看到她有了别的追求者，那人还是比他优秀的莫凯睿，他的心里就特别不舒服。

尤其，在晟通抬头不见低头见，两人还在他眼皮子底下"秀恩爱"，他的心上就像压了一块沉重的石头一样，无时无刻不在隐隐作痛。

"晨曦，不要在这里实习了，回学校吧！"

"为什么？"沈晨曦回过头来看他，刚刚"劫后余生"的一点儿轻松感，被他这句唉声叹气的话碾得一丝不剩，"难道就因为我今天在会上出了洋相，我就要炒自己鱿鱼？"

"我不是这个意思。"

沈晨曦看着低垂着头，神色委顿的秦沐阳："那你是什么意思？"

"我……"

我嫉妒你和莫凯睿。这话秦沐阳说不出口。然而，他就是没有办法看着沈晨曦和莫凯睿在公司出双入对。

"我知道你在这里实习是想拿到证明。晨曦，实习证明我帮你搞定，你回学校好不好？"

认识这么久以来，沈晨曦还没看到过秦沐阳这么卑微的样子。

"秦沐阳，我在晟通实习，碍着你什么了吗？"

"没有，只是……晨曦，你刚刚也看到了，我们说的你根本就听不懂。何苦为难自己，你其实一点儿都不喜欢这些软件啊、编程啊，去找一份你喜欢的工作吧！"

说来说去，他就是嫌她给他这个前男友丢脸了。

"秦沐阳，你放心，我们早就分手了，我这个前女友再丢人，也丢不到你身上去！"沈晨曦一股脑说完，气呼呼地转身就走。走到拐角处，不甘心地回过身来，小跑到秦沐阳面前，用高跟鞋狠狠踩了他一脚："我沈晨曦有你这样的前男友，才真是丢人呢！"

无视秦沐阳捂着脚的低低哀号声，沈晨曦摆着胜利女王一样的姿态离开了。

安静的茶水间里传来她大口大口灌水的咕噜声。气死我了，秦沐阳你这个花心男，敢看不起我，走着瞧！

手中的一次性纸杯已被她捏得变了形，昭示着她熊熊燃烧的怒气。

"李姐又怎么折磨你了？"沈晨曦正沉浸在让秦沐阳"跪地认错"的幻想中，冷不防一个声音在她背后响起。

沈晨曦看向不知何时站在她后面的莫凯睿，拍拍胸口小声怒吼道："你这人有没有礼貌？懂不懂敲门啊！"

莫凯睿伸手指指门上斗大的"茶水间"三个大字，用眼神无声地询问她："你确定？"

自知理亏的沈晨曦，默默给他让出饮水机前的位置，闷声闷气地道歉："不好意思，刚刚我被气疯了，态度不好。"

"只是被罚搞卫生，你就受不了了？"莫凯睿慢悠悠地啜了一口手中的咖啡，"依你今天的表现，李姐已经算是手下留情了。"

"不是李姐，是秦沐阳！"

完了！她怎么说出来了？莫凯睿和秦沐阳一向不和，之前因为她没少起冲突，她这样说不是存心挑拨离间嘛！

沈晨曦拍拍自己惹祸的嘴巴，笑眯眯地看向莫凯睿，试图转移话题：

135

"你怎么知道李姐罚我搞卫生？"

莫凯睿不说话，一脸"看透你"的表情，淡淡地笑。

沈晨曦脑筋飞转："难道，你……"一想到他刚刚可能在会议室门口偷听，甚至还躲在某个角落里全程围观了她和秦沐阳的对话，现在竟然还假装不知情地来试探她，她就气不打一处来。

为什么她遇到的都是这样的人啊！

秦沐阳，浑蛋！哼！莫凯睿也比他好不到哪里去，就会扮猪吃老虎，腹黑！

"沈晨曦，你现在是在心里骂我？"

妈呀！这人是有特异功能吗？她想什么他都知道。沈晨曦嘴角一僵："呵呵……我怎么敢骂你，我只是好奇，你怎么会知道李姐罚我搞卫生？"明明李姐是单独对她下的惩罚令啊。

"因为你现在还站在我面前。"莫凯睿冷着脸，轻轻哼了一声。

"什么意思？"

"在晟通，李姐处罚员工，除了搞卫生，就是炒鱿鱼。"莫凯睿睨她一眼，"你没有卷铺盖走人，自然就是搞卫生了。"

这么变态！

沈晨曦拍拍胸口，还好还好，她差点儿就卷铺盖走人了。

"那个，我不跟你聊了，我得去搞卫生了。"好不容易留下来，她得好好表现，争取拿到实习证明。

"等等！"莫凯睿一把揪住她的衣领，"你刚说秦沐阳怎么了？你为什么那么生气？"

唉，这人就不能别那么执着吗？非得抓着她打破砂锅问到底。

"说！"

"好好好，我说！"沈晨曦从他的魔爪中把自己的衣领解救出来，"刚刚我从会议室出来的时候，秦沐阳堵住我让我别再在晟通实习了。"想到秦沐阳嫌弃自己的样子，沈晨曦刚压下去的火气又冒了上来，"他就是看不起我，怕我再在晟通出洋相，丢他这个前男友的脸。"

"那你是怎么想的？"

"我！"不知道为什么，刚刚还豪气万丈的她，被莫凯睿这么一问，瞬间没了底气，小脸上全是掩饰不住的沮丧。

"莫凯睿，你说，我真的能顺利完成实习吗？"

"沈晨曦！"莫凯睿眼里云雾翻滚，"别告诉我，你真被秦沐阳几句话给说动了。难道，你现在心里还放不下他，你就那么在乎他的想法？"

"没有！"这一次，沈晨曦斩钉截铁地否认了，"我只把他当普通同事，是他说那些话刺伤了我的自尊，我气不过而已。"

本来嘛，她虽然是菜鸟，但也有菜鸟的尊严啊！秦沐阳，他凭什么为了自己贬低她，让她离开！

"沈晨曦，你记住机会永远掌握在你自己手中。"莫凯睿轻柔地摸摸她的头。既然秦沐阳在她心中已经没有分量了，他是不是可以彻底占据她

的心了？

"哇……原来，莫凯睿你也会说这些老掉牙的心灵鸡汤的话啊！"

"啊……"莫凯睿仰天长叹，这家伙的脑袋里到底装了什么。还是赶紧放她回去做正事吧！

"沈晨曦，呃，我刚刚来时经过办公室，好像听到李姐在叫你……"

"你怎么不早说？"不待莫凯睿回复，沈晨曦已撒开脚丫往办公室奔去。

莫凯睿嘴角一勾，这才是他认识的那个"打不倒"的沈晨曦。

至于秦沐阳……

以后有我在，你别想再插手沈晨曦的人生！

有女生的地方就有八卦，而最容易滋生八卦的地方就是洗手间。

沈晨曦发誓，她真的不是故意偷听的，她只是恰好上厕所，然后碰巧就听到了她和莫凯睿的名字。

"嘿，你们知道吗？听说计算机部门新来的那个菜鸟实习生，叫什么沈晨曦的，是走后门进来的。"

"走后门？啧啧，难怪长得一副草包样。听说，今天她不仅在晨会上发错资料，而且当着那么多人的面打起了瞌睡，鼾声震天不说，睡得口水都流出来了。笑死我了，哈哈。"

"你们知道这小妮子是谁引荐进来的吗？"

"谁？"

"计算机部新来的那个大帅哥，莫凯睿！"

"啊，他不是也只是一个实习生吗？怎么有这权利啊？就他们那个精明得像老狐狸的主管，怎么肯允许一个实习生带个拖油瓶进来啊！"

"这你们就不知道了吧，听说这莫凯睿能力很强，保送进的大学，软件编程能力抵得上我们的高级程序员。他承诺工作之外为公司免费编程，前提就是让那个沈晨曦在这里实习一个月。"

"天啊！怎么会有这么帅气又温暖的人啊！明明那个沈晨曦长得不好看，穿得又土……"

"嘘！小声点儿……"

伴随着一阵踢踢踏踏的高跟鞋声音，几个女生的嬉笑交谈声越来越远……

沈晨曦从厕所隔间走出来，看着眼前偌大的镜子微微恍神。

原来，莫凯睿是这样才为她争取到的进晟通的机会。那天，他一直不接她的电话，应该就是在忙着写编程吧！虽然他智商很高，编个软件对他来说是小菜一碟，但是她记得老师说过，那东西很复杂，很费心神的。他这么用心良苦，她不仅误会他，还吊儿郎当地尽闹笑话，差点儿被开除，卷铺盖走人了。

"沈晨曦，你狼心狗肺！"沈晨曦往自己脸上狠狠拍了几下，权当为莫凯睿出气。

"聪明的人不会打自己的脸，只会凭能力让那些说三道四的人闭嘴。"镜子里出现另一个身影。

沈晨曦被吓得一个趔趄，看清那人后，支支吾吾地开口："李……李姐……"

"嗯！"李姐走过来快速地洗了洗手，"刚刚她们说的话，我一字不漏地都听到了。沈晨曦，我虽然不喜欢你，但是我更不喜欢那种在背地里乱嚼舌根的人。不管你是怎么进的公司，如果你还有点儿尊严的话，就证明给她们看，你沈晨曦也是有实力的。"

这还是那个像巫婆一样的李姐吗？

沈晨曦从刚才的惊愕中回过神来，意识到李姐是在鼓励她，激动得双手握拳，气运丹田，大吼了一声："是，我会的！"

李姐被她这夸张的架势惊到了。片刻后，她满意地点了点头，踏出门口后又回转身来："别忘了，下班后留下来打扫卫生，还有……"

"Yes Madam（是，长官）！"沈晨曦冲李姐露出一个谄媚的笑容，"保证完成任务，把厕所打扫得比我家厨房还干净。"

李姐："……"

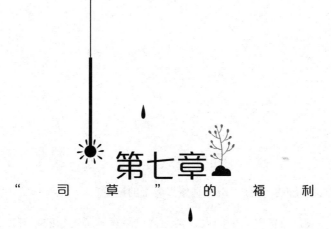

第七章

"司草"的福利

莫凯睿最近有种被"田螺姑娘"看上的错觉。

不管去公司多早，他的办公桌上都已经摆满了美味的早餐。而且，每天都不重样，害得他这个没有在办公室吃早餐习惯的冷面精英，也跟女同事们一样享受起了闹哄哄的早餐时光。

抬头看向与他隔着几排办公桌的沈晨曦，会是她吗？

她最近好像很忙，自从脚好之后就再也没坐他的摩托车上班了。每天下班也一个劲儿地催他先走，问她理由，也只是神秘兮兮地丢给他两个字"加班"。

这会儿，她正埋头在工位上，不知道在忙什么。

"小莫，今天有几个客户会来公司洽谈你负责开发的购物App，配合行政部好好接待，把合同给签了。"

莫凯睿刚看完主管给他发的邮件，准备去行政部找李姐了解客户信息，抬头就看到沈晨曦抱着文件夹，笑意盈盈地看着他。

"给你！"她笑得眉眼弯弯，贼兮兮的，像只小狐狸。

莫凯睿伸手接过她递来的文件翻开，是客户公司的详细信息，还有前来洽谈的女总监的资料，细至公司职位、谈判经历、籍贯、身高、爱好、星座、血型，甚至情感经历都被一一列出来了。

莫凯睿看着这份堪比"征友广告"的信息履历，差点儿笑出声来。他头疼地抚额："沈晨曦，我是要去谈客户，不是相亲，你……"

"I know. I know。"沈晨曦飙出一句英文，"软件我不懂，但购物我很在行，你负责专业部分，剩下的我搞定。"

莫凯睿翻看文件夹的动作微微一顿："你的意思是，李姐安排你和我一起见客户？"

"嗯！"沈晨曦歪了歪头，摆出一个自认为俏皮可爱的表情，"本姑娘能不能逆袭，就看这一局了。"

一种很不妙的预感袭上莫凯睿的心头，他转了转办公椅，抬眸注视着沈晨曦："你又得罪李姐了？"不然李姐为什么把这么"艰巨危险"的任务交给她？

"得罪你……"沈晨曦的笑容僵在嘴角。考虑到莫凯睿对自己有"引荐之恩"，她硬生生把最后一个"妹"字吞进肚子里，转而换上一个谄媚无比的笑容："才不是，只是李姐看你这么优秀，所以想让我跟在你身边多学习学习。"

"沈晨曦，我知道你很想证明自己，但是，欲速则不达，谈生意不是

开玩笑。"她的努力他都看到了，但是如果她再捅篓子，他也救不了她。

"你放心，我这次绝对不会再连累你。相信我。"

此时，前台已将客户迎进了会客室。

莫凯睿轻轻叮嘱了沈晨曦一句"待会儿别乱说话"，就匆匆走上前去。沈晨曦甩他一记白眼，也默默地跟了上去。

宽敞的会客室里，莫凯睿和客户面对面坐着。

空调悠悠地吹着冷风，沈晨曦看到坐在中间穿短裙的美女轻微缩了缩腿，便起身把空调温度稍微调高，再递上一杯温开水。

她坐下时，收到对方投来的一个赞赏的目光。沈晨曦朝莫凯睿得意地努努嘴，表示她没有说话，她只是贴心地照顾了下客人。

莫凯睿轻轻一笑，收起心神，专业十足地介绍起他那款购物APP。除了那个穿着时尚大气的美女总监，对方还来了两位技术精英，你来我往的技术交流没多久就让会议室的空气弥漫着枯燥因子。

沈晨曦对他们的谈话丝毫不感兴趣。就在两个小时前，她已经彻底摸清了对方的底细。旁边那两个头发抹得油光发亮的"精英"，其实只是小跟班。真正能拍板签合同的，是那位穿得很是华丽的大美女。

她是A公司的时尚总监，手上管着上千号买手，这次来晟通就是想认购一款购物APP回去。

看她哈欠连天的样子，很明显，她对APP的性能构造也一点儿不感兴趣。男生啊，真是榆木疙瘩，对女生，尤其是一个购物至上的女生，怎么能用那么"肤浅生硬"的理论去打动她呢！

趁着莫凯睿他们谈话间断的空隙，沈晨曦开口了："哎，眼看又要换季了，又没衣服穿了，每天站在衣柜前，感觉自己就像一个皇上，每天都在想该宠幸谁？结果看来看去……唉，朕是该纳嫔了……"这一番没头没脑的"抱怨"，硬是被她说出了愁肠百结、生无可恋的悲怆感。

沈晨曦正为自己"撒下鱼饵"兀自得意，转过头却看到莫凯睿目露"凶光"。她不卑不亢。

果然美女总监很快接招了，巴拉巴拉跟她聊起了选衣攻略。沈晨曦抓紧时机拿出手机，点进事先下载好的APP，一边分享一边不着痕迹地推广。

十分钟之后，美女总监二话不说、干脆利落地签下了合同，临走前，还不忘当着莫凯睿的面夸她："小姑娘头脑不错，是个做销售的人才，有机会不妨到我们公司去聊聊。"

天啊！她竟然遇到了传说中的挖墙脚！

不过，虽然她只是实习生，但对晟通可是忠贞不二的，再说她的理想职业是做星座血型诊疗师，对销售可不感兴趣。

沈晨曦矜持地客套了几句："您说笑了。能在晟通为贵公司服务，是我的荣幸！"既礼貌地拒绝，又不伤客户的面子。

沈晨曦屁颠颠将客户送出门后，见莫凯睿正一脸若有所思地盯着她："沈晨曦，你的智商什么时候暴涨了？老实交代，是不是背后有高人在指导你！"

"扑哧……人家只是看了几集《甄嬛传》，对女人比较懂啦！今儿来的要是个糙汉子，本姑娘才不接这烫手的山芋呢！"

"所以，你事先做的调查，也是为了……"

"嗯，'知己知彼，更好坑你'这句话，你没听过吗？"

莫凯睿不淡定了，敢情这小妮子在用小聪明谈客户呢！不过，他不得不承认，今天她确实让他刮目相看了。如果没有她"乱说话"，估计那美女总监早听不下去甩手走人了吧！

看着莫凯睿一副吃瘪的表情，沈晨曦得意地"哼"一声，踩着八厘米的高跟鞋，得意地走出了会客室。

首战告捷，沈晨曦在工作上越来越卖力了。

加班、为同事跑腿、专业能力也在上升，慢慢地她竟扭转了菜鸟的形象，成了实习生中一个励志的榜样。特别是在晨会上受到主管和李姐的双重肯定后，更圆满了，她终于可以摘掉"走后门"这个帽子了。

话说，靠自己的实力吃饭，这感觉就是爽啊！

在公司和秦沐阳抬头不见低头见的时候，她也有了底气。哼！让你看不起我，老娘让你高攀不起！

秦沐阳终于醒悟，千万不要随便看轻"前女友"，而且还是个像沈晨曦这样不鸣则已，一鸣惊人的女金刚。这些天，他受了她无数个白眼，就连和谢小楠约会时也是无精打采的。

他很想找个机会和沈晨曦道歉，可她避他就像避病毒似的。对那莫凯睿，却百般呵护，无微不至，他好几次看到她偷偷往他办公桌上放早餐。

以前，她的这些心思从来只会放在他的身上。可惜……

秦沐阳怎么想，沈晨曦不关注也没兴趣知道，她最近心情好，昨天下班回到宿舍就缠着寝室长教她煲汤。现在，她正偷偷摸摸往莫凯睿桌上放自己熬了一晚上的鸡汤。

这锅鸡汤，可是她冒着寝室断了几次电，险些被宿管阿姨抓的风险，好不容易熬成的。虽然卖相差了点儿，但味道还是很不错的，应该能好好补一下莫凯睿写编程死掉的脑细胞吧！

她正以为神不知鬼不觉，准备撤退时，转头鼻子撞到一个坚硬的东西。沈晨曦后退两步揉揉鼻头，好痛！她叉腰开骂："你这个人怎么回事？走路不长眼睛啊……"

抬头一看，"肇事者"正满眼含笑地看着她。

"原来，你就是那个田螺姑娘！"莫凯睿语含宠溺。

"什么田螺姑娘？"沈晨曦的脸一下红了，"我只是早餐带多了，分一点儿给你。一个大老爷们儿，不要成天胡思乱想。"

"哦？我已经连续一个星期吃到你带的早餐了……看来你记性真的不好，才能天天都带多……"

"莫凯睿！"给他点儿颜色，还开起染坊来了，要不是感念他把她推荐到晟通，她才不费这工夫呢。沈晨曦使劲儿瞪他："我这是为了拯救你引荐我进晟通死掉的脑细胞！"

"你都知道了？"

"嗯！"

"不用谢，这是我心甘情愿为你做的。"

啊啊啊，这浓浓的言情氛围是怎么回事！上班时间，同事都陆陆续续来了，姓莫的，你这么肉麻是要害死我吗？

为了防止再次成为女同事们的眼中钉，沈晨曦草草丢下一句"你快点儿吃"，就匆匆离开了。

莫凯睿看向桌面某人说的那锅营养补脑却很油腻的鸡汤，哑然失笑，这个当早餐，他之后一周都可以不用再进食了。

几天后，是晟通一年一度选"司草"的日子。

向来只听过班草、校草的沈晨曦，对"司草"的选拔也是期待莫名。虽然公司员工很多，上千人分布在同一栋大厦的不同楼层。但因为她是行政人事部的一员，时常跟着李姐到处溜达处理工作事务，看到的帅哥还真不多。

难怪，他们都说信息技术类公司，养的都是"恐龙"。

就拿计算机部门来说吧，除了那个有点儿秃顶，平时总是笑呵呵的主管大叔不提，其他小伙子长得……真的还挺"平淡"的，不知道是不是成天和电脑打交道的缘故。

要论颜值，莫凯睿和秦沐阳还真算是男职员中的一股清流。

"晨曦，晨曦，你帮我把这杯卡布奇诺给莫凯睿吧……"

"还有我，还有我，这是'至尊甜品'新出的糕点，给他配咖啡喝。"

"都给我让开！晨曦，这是我给秦沐阳亲手做的爱心便当，一定要提醒他按时吃哟！"

又来了！自从知道她是莫凯睿、秦沐阳的同学之后，这些花痴女同事就把她当"人肉传送器"，什么吃的、喝的都往她这里送，她快成了秦莫两人的快递小妹了。

不过，她也不是白跑腿的。送给秦沐阳的，一律进了她的肚子，谁叫那个花心男得罪她，哼！至于莫凯睿嘛，她还真没那个胆子"独吞"。谁知道，那个讨厌鬼知道后又会用什么语言"羞辱"她。和他斗嘴，她可一直没赢过。

沈晨曦快速吞掉其中一个小蛋糕，趁着午休时间，端着咖啡和蛋糕朝莫凯睿办公桌走去。

"喏，你的女粉丝给你的。"声音里不自觉地带着几分醋意。

莫凯睿瞥了一眼她嘴角没来得及擦掉的蛋糕屑，忍笑回应："赏你了！"

"哼！"沈晨曦头一昂，装出高冷又不屑的样子，"我才不稀罕吃呢。再说了，现在是选'司草'的关键时刻，你怎么能忤逆粉丝的心意呢。现在最重要的，是要趁热打铁，积攒人气啊！"

　　看她说得神情激奋，一副像要助力总统大选的军师样，莫凯睿来了兴致，问道："怎么？你很希望我当选吗？"

　　沈晨曦被他的话噎住。什么叫她希望，他长着一副祸国殃民样，难道不应该贡献出去给女同胞们观赏观赏吗？

　　"迂腐！"沈晨曦一脸恨铁不成钢的样子，换个角度继续怂恿莫凯睿，"听说选上'司草'还有特别福利！是！我知道你莫大社长看不上这些小福小利，但你不要可以给我啊，肥水不流外人田嘛。"

　　莫凯睿听到这里，笑意更深了。这家伙，到底会不会用成语？不过，他倒是不介意把所谓的"司草福利"和她这个"内人"分享。

　　不知道已被某人"算计"的沈晨曦，仍在继续滔滔不绝地劝说，莫凯睿潇洒地打了个响指："收！"沈晨曦蓦地停住话头。

　　"我会参选，到时拿到福利，你可不能不收哦！"

　　"不会，不会！"沈晨曦头摇得像拨浪鼓，心里暗自窃喜。莫凯睿是不是傻，放着好好的福利不要，竟然拱手送她。

　　到时，要是抽到个iPhone6 Plus、24K大金链子，或者巴厘岛三日游什么的，她才不会乖乖还给他。

　　不对，如果他真反悔怎么办？一想到煮熟的鸭子可能会飞，沈晨曦立马赶回座位上，三两下写了个"福利转让承诺书"，屁颠颠看着莫凯睿签了字才放心。

　　此时，莫凯睿已忍笑忍得胃抽筋。也好！上次520没完成的事，就这次补上吧！虽然……环境有点儿闹腾，但是这次她想逃也不好意思！

然而出乎沈晨曦意料的是，如果她早知道所谓的"司草福利"是这样的，打死她她也不会撺掇莫凯睿参选。

台上，齐刷刷一排，十个面相英俊的长腿帅哥，正接受来自女同事们发射的爱心目光。莫凯睿和秦沐阳站在中间，显得格外引人注目。

沈晨曦耷拉着脑袋，谁能告诉她，为什么会选出十个"司草"？难道不是独一无二的帅哥才能称之为"司草"吗？就算是男职工人多，也不能这么放水啊！还有，"司草"福利——选出意中人共舞，是什么东西？嘤嘤嘤嘤，她的iPhone6 Plus、大金链子呢？

她要是和莫凯睿共舞，不是间接承认是他的心上人了吗？那她以后还怎么蹭女同事们的零食？说不定会被她们拖到厕所群殴。

一个500强的大公司，怎么能干出鼓励"司草"公开"内部恋情"，伤害其他女同事心的事呢？

为了不让喜欢莫凯睿的女粉丝伤心，也为了保全自己的性命，沈晨曦深明大义放弃对"莫凯睿意中人"的争夺，偷偷溜出热血沸腾的女同事圈。她离开礼堂，刚到走廊松一口气，莫凯睿却气势汹汹站到她面前，问道："你要去哪里？你不是说一定会收下'司草'福利吗？"

"呵呵……"沈晨曦傻笑两声，"嗯……我不会跳舞啊，今天这么重要的场合，怎么能连累你出洋相呢！"

"我不介意！"

"可是我介意啊！"沈晨曦继续干干地笑道，"'司草'就应该找个能文能舞的'司花'嘛，再不济找别的女同事也行啊，你的女粉丝中有很多漂亮的哟！"

说来说去，她就是不想和他一起跳舞。

莫凯睿真的生气了，为了今天这场告白，他还偷偷找了钢琴老师学了曲子，是那次她在酒吧唱的周笔畅《假面》。把流行歌曲改成钢琴曲真的好难，他练习了半个月才勉强学会。她倒好，关键时刻竟然又想逃。

莫凯睿拿出那天签下的"'司草'福利转让书"，一字一顿问道："沈晨曦，这上面写着违者要当着全公司人的面道歉，你真的要这样做吗？"

沈晨曦炸毛了，难怪那天他假惺惺地说要一式两份，原来早就想好在这里等着整她呢！

"莫凯睿，你卑鄙！"

她伸手上前想要一把夺过来撕掉，却被他轻轻松松躲开了："沈晨曦，你不是一向都是说话算话的吗？"

"我就是不要跟你跳舞，就是不要，不要……"沈晨曦索性破罐子破摔，来个死不认账。

这下，莫凯睿真没辙了，他知道再逼她可能会激怒她。他抬手揉了揉太阳穴，屈服道："好了，不跳就不跳吧！进去吃点心吧，你这样偷偷走掉，待会儿被李姐逮到又要被罚了。"

看"赖皮"这招有效，"奸计得逞"的沈晨曦心情愉悦正要返回会场，错身而过时手被莫凯睿拉住。

"十天后'青苹果乐园'有个'光绘跑'活动，你……你可以陪我去吗？"他问。

十天后，十天后不是七夕吗？她虽然很少关注这些节日，但最近常接到徐小小的电话轰炸，说让她帮忙想约于宇阳的借口，因为她要在那天跟于宇阳表白。

沈晨曦转头看着莫凯睿，除了他眼睛里映着的一脸茫然的自己，竟然还在他的脸上看到了些许羞涩。

难道，他也要向她……告白！

"嗯！"丢下这个轻飘飘的字后，沈晨曦转头害羞地跑回了礼堂。

莫凯睿看着她离开的背影，在心里暗暗祈祷，上帝，拜托不要让她再逃走了。

日子如水滑过，明天就是"情侣"和"准情侣"们期待的七夕节了。

徐小小到现在都没找到约于宇阳出去的理由，此刻正赖在沈晨曦宿舍"威逼"她想良招。而预感到会被某人表白的沈晨曦，心情既激动又慌乱，不知道是该答应还是拒绝，一颗少女芳心怎么也安静不下来。

两个各怀心事的女孩，倒在宿舍床上你一声我一声地长吁短叹。

"晨曦姐，你说，我该怎么不露痕迹地把于宇阳约出来呢？"

"徐小小，我已经是第四十八次听你说这句话了。"沈晨曦苦着脸做出拜托的手势，"求求你，快点儿做决定吧，不要再折磨我了。"

"可是，你想的那些理由都不好啊！"徐小小嘟起嘴，埋怨道，"什么约他去自习室复习；在他上课路上堵住他，装肚子疼；请他宿舍全体室友吃饭，顺带跟他表白……拜托，这可是七夕节，多么浪漫唯美的日子。而且，依于宇阳的智商，我这点儿小伎俩肯定瞒不过他的法眼。"

"那你想怎么样？"沈晨曦已经没有耐心再和徐小小耗下去了，"不然，我帮你去约他，骗他说你晕倒被送到医务室了，让他去看你？"

"这……会不会有点儿不吉利啊？"

"徐小小——"沈晨曦板着脸咬牙切齿地道，"你还想不想和于宇阳约会了？"都帮她想了整整一个下午了，想一个点子她拒绝一个，到底想干吗啊？

"七夕，你想要浪漫的约会，这没错。但是，首先得见到于宇阳的面啊。先找个理由把他约出来，再计划后面的约会，这不是一举两得嘛！"

嗯……晨曦姐这么一说，似乎也很有道理。徐小小满脸憨笑："都听晨曦姐的，只要不让我去找他，什么都好。"

不对啊，一向围着于宇阳上蹿下跳犯花痴的徐小小，什么时候竟然怕去见他了？沈晨曦从徐小小短短的一句话里，听出了猫腻："说！我去实习这段时间，你和于宇阳都发生了什么？"

"啊？能发生什么？什么事都……没有啊……"

沈晨曦皱眉重重地敲了徐小小一下："小孩子家家，不许说谎。"

徐小小败阵，只好老实交代："Three months ago……"

沈晨曦一个枕头扔过去："说人话，讲重点！"

"呜呜，晨曦姐，你真讨厌。难道你没看出来，我在用搞笑掩饰我的难过吗？"

沈晨曦硬生生咽下差点儿喷出来的水："难过什么？"

"于宇阳，他好像真的不会再喜欢我了。"徐小小生物情绪变得很快，说着说着眼泪已经掉了下来。

沈晨曦立马收起笑容，完了完了，事情好像真的闹大了。

接下来，徐小小用"中国好舌头"的语速，十分钟讲完了她和于宇阳"闹掰"的过程。总结起来就是，520那天，她忙着去论坛上发沈晨曦和莫凯睿的照片，没有去给参加演讲比赛的于宇阳加油，他那次把奖章送给她之后，就一直对她不冷不热……

"徐小小！"

沈晨曦真想撬开她的脑袋，看看里面装的是不是糨糊。就她这智商，还敢去追于宇阳，呵呵呵……真是天大的笑话。

真想一脚把她踹聪明点儿，但一想到她那莫大表哥知道后，会嘲笑自己五十步笑百步，再用同样的方式"对付"自己，沈晨曦只好乖乖地又一次当了解决情感危机的"知心姐姐"。

"小小，这很清楚啊！如果于宇阳对你没意思，他为什么不把奖章送

给别人而是送给你呢！你都没去给他演讲比赛加油，他还把奖章送给你，这说明他不仅喜欢你，而且是非常喜欢你。"

"真的吗？"

"真的，我用我血型诊所的名誉发誓，于宇阳他喜欢你喜欢得要命。"

唉，那么腹黑聪明的莫凯睿，怎么会有这么一个傻乎乎的表妹呢？

"可是，晨曦姐，我把这一切都搞砸了。"徐小小拉着沈晨曦的衣角，低着头哀哀切切地抽泣。

"啊，什么意思？"这个徐小小，能不能别大喘气，一次性把话说清楚啊！

……

徐小小想起那天的事，还有点儿心有余悸。那是她第一次看到于宇阳打架。她从来没有想过，他揍起人来会那么狠，完全失了平常那副温润儒雅的样子。

那是个很平常的星期天，她带着自己做的便当去于宇阳打工的地方找他，没想到，一出电梯就碰到了李司白和他几个狐朋狗友。

徐小小想避开的时候，李司白已经叫住了她："哟，这不是我的前女友徐小小嘛，这么急跑去干吗啊？"

电梯转角左后方就是于宇阳打工的地方。那个餐厅设计的是落地窗，稍稍一侧身就能看到外面的人和事。

徐小小不想被于宇阳看到她和李司白纠缠，转身往楼梯间走准备回学校。可是，李司白不放过她，一把抢过了她手里的饭盒。

"哎哟喂，还是荷包蛋爱心便当呢！"李司白一脸欠揍样儿，拽住徐小小的手，就往她脸上凑，"徐小小，你当我女朋友那么久，也没给我做过便当呀！"

"你这个花心男，你不配！"徐小小还没来得及说话，于宇阳已经挡在她前面，一拳把李司白揍倒在地。

那李司白也不是省油的灯，仗着身旁有人，挥拳回击。其他人一窝蜂上来对着于宇阳拳打脚踢。

"揍死这小子，上次就是他为了于婷婷揍了我一顿！哼，落到我手上了吧！"

"花心男，想揍我，看你有没有本事了！"

徐小小欲哭无泪。本来她就是怕于宇阳看到，上班时间和李司白打架丢掉兼职，才躲着李司白不想惹是非。

于宇阳是跆拳道黑带啊，现在她只求于宇阳下手轻点儿，别把李司白打残了，惊动警察叔叔就不好了。

"于宇阳，下手轻点儿，轻点儿。"

徐小小这么一咋呼，于宇阳一失神，冷不丁被李司白揍了一拳，脸上顿时挂彩了。再加上李司白那边人多，双拳难敌四手，于宇阳再厉害，也架不住受了点儿伤。

157

情势急转直下，徐小小急得快哭出来了。好在，餐厅老板报了警。

警察赶到拉开了他们。鉴于双方都挂了彩，又各自有错，所以警察叔叔教育一顿就把他们放了。

那天，警察局门口，于宇阳对徐小小说："以后，不要再来找我。"

"后来呢？"

"后来，我去找他，他也不见我，把我当陌生人一样。"

"徐小小，你是不是傻！"沈晨曦听得肺都要气炸了，"那李司白是什么人，甩了你又骗了于宇阳表妹的花心男！你光天化日之下被他拉着手就算了，于宇阳替你出头，你还不领情叫他下手轻点儿，你这不是成心让他心里不舒服嘛！"

"可是……"

"可是你个头！"沈晨曦真要被徐小小这个榆木脑袋打败了，"你让于宇阳下手轻点儿，是不想他把事情闹大。可是，站在于宇阳的角度，你当时的举动根本就是在维护李司白。所以，他吃醋了！"

"对哦！"徐小小激动地拍了拍床板。她怎么没想到呢，还是晨曦姐聪明。

"晨曦姐，那明天就靠你啦！记得打电话给于宇阳，明天我就在学校医务室等他。"明天，她一定要跟于宇阳解释清楚。徐小小说完，高兴得一溜烟跑了。

"好！"解决完徐小小的问题，沈晨曦站在衣柜前纠结，明天到底穿哪套衣服去见莫凯睿呢？

在大公司实习的好处就是，不管大节日还是小节日，只要过节，一律放假。

沈晨曦一觉睡到自然醒，然后打电话把徐小小的"病讯"添油加醋地告诉于宇阳之后，开始挑今晚穿去见莫凯睿的衣服。

挑来挑去都不满意，最后她在寝室长那儿借了套小清新风格的连衣裙。完成一桩心事，又在食堂吃了一顿美美的午餐后，下午她回到寝室，刚看了会儿书，又蒙睡神召唤，睡了过去。

醒来已经天黑，晚上七点，沈晨曦手忙脚乱地换上衣服，破天荒地化了个淡妆出门了。一路上她满脑子都是莫凯睿见到自己的反应，没注意差点儿撞上前面一对吵架的情侣。

"小楠，你不要这样，我会努力的，只要在晟通转正，月工资就是五千，我有能力让你吃好穿好，我们不是说好毕业就订婚吗？"

晟通？

沈晨曦急急停住脚步，这熟悉的语气，不是秦沐阳吗？他苦苦拉着的那个美人是……谢小楠！这人来人往的大门口，他们到底闹哪一出啊？

"哼！五千能干啥，还买不了我身上的两条裙子。实话告诉你，秦沐阳，之前或许我真的喜欢过你，但我现在不喜欢你了。我找了个比你帅比你有钱的，我们之间结束了。"

第七章 司草的福利

上帝啊！沈晨曦双手拍胸，敢情之前的温婉单纯都是装出来的，系花找男朋友不只看脸，还看钱！

"秦沐阳，别用这种眼神看我。你之前不也因为你前女友沈晨曦有哮喘，所以甩了她吗？你比我高尚不到哪儿去。今天是七夕节，我祝我们分手快乐！"

刚刚从谢小楠口中听到自己的名字，沈晨曦已经够震惊了，现在看到她撂下这么一番刷新三观的分手言论，径直走向马路边停着的一辆宝马旁的帅哥，踮起脚重重在那人脸上亲了一口，然后上车跟帅哥一起走了，沈晨曦顿时惊呆了。

她终于知道什么叫"秒甩"了，再看看秦沐阳那一脸伤心颓败的脸色，嗯……心里没有想象中那么痛快，反而稍稍带点儿不舒服，还有……心疼。不过，这跟她这个"前女友"好像没半点儿关系。

沈晨曦埋下头，装作没看见秦沐阳，急匆匆往外走。

刚走出两步，秦沐阳的声音尾随而至："沈晨曦，你都听到了？"

"呵呵……"沈晨曦尴尬地转过身，"我不是故意偷听的，你……你'节哀'。"一着急，沈晨曦说出了个不合时宜的词，于是赶紧解释，"我的意思是，下一任会更好！"

还是越说越错。沈晨曦不禁暗恼。

秦沐阳哪里不知道她的想法，当初分手时她就没对他骂出半个字，现在看到他被甩，她是诚心想安慰他的，只是场面太尴尬，词不达意。

秦沐阳苦涩一笑："你说得都没错！呵……报应来得真快！"

沈晨曦走也不是，留也不是，最后忍不住拍了拍他的肩膀："秦沐阳，别伤心了，都会过去的。"

秦沐阳垂下眼帘，说道："晨曦，陪我去喝酒吧！我现在真的很难过……"

沈晨曦看看腕上的手表，离跟莫凯睿约定的时间还有半个小时，再看看秦沐阳乞求的眼神，她心一软，答应了。

学校门口小吃街，烧烤店散发出一阵阵孜然肉香。

沈晨曦看着热闹的小店里成群结队的同学们大口大口吃着肉串，自个儿这桌秦沐阳却在大口大口灌着啤酒，颇有点儿伤春悲秋的意味。

她不能喝酒，也不想吃得满嘴的孜然烤肉味去见莫凯睿，所以只好干坐在一旁，看着秦沐阳。

"沈晨曦，如果我当初没有听爸妈的话，和你分手，该有多好！"已经喝得薄醉的秦沐阳，攥着她的手反反复复就是这一句。

沈晨曦尴尬地缩回手，现在说这些还有什么用呢！他们早就成为过去式了。

她轻轻推了推秦沐阳的肩，问道："你醉了，我送你回寝室好不好？"

其实，秦沐阳才喝三瓶啤酒，还不到喝醉的程度，私心里他是想要沈

晨曦多陪陪他的，但是看她频频看手表，以为有什么急事，脸皮再厚也不敢强留她，所以，乖乖地由沈晨曦揿着自己回了宿舍。

沈晨曦从男生宿舍出来时，还在嘀咕：原来女生进男寝那么容易啊，男生去女寝修个电脑，都要辅导员签字，差别也忒大了。她丝毫没发现到自己的手机落在秦沐阳寝室了。

等她急急忙忙赶到"青苹果乐园"时，离跟莫凯睿约定的时间整整迟了一个小时。她想要掏出手机联系他时，却发现手机不见了。跑到报刊亭想打电话给莫凯睿，却不记得他的电话号码。她又是路痴，乐园这么大，今天的人又那么多，可能没找到他，就先把自己给丢了。

"唉，还是在这里乖乖等他吧！"沈晨曦默默安慰自己，"说好在乐园门口等，他一定会来找我的。"

莫凯睿在"青苹果乐园"西门，一直等着晚上十点，直到"光绘跑"活动结束，也没看到沈晨曦。

超出约定时间半个小时的时候，他就想打电话给她了，但一想到女孩子出门可能要化化妆，所以贴心地没打扰她。结果，都晚了一个小时了，还没看到她出现，打电话给她也是无人接听，再打电话到她寝室，她室友说她早就出门了。

早就出门了？为什么没来找他？难道又迷路了？

莫凯睿着急地围着公园各个门口找了一圈，还是没看到她。今天七夕，来乐园的人很多，幸好到处都是路灯和灯笼，不然他这夜盲症患者简

162

直寸步难行。

寻人无果后，莫凯睿默默地回到了西门。这是乐园最大的进出口，说好了在这里等的，沈晨曦应该不会忘记吧！

然而，晚上十一点，还是没看到她出现。他正准备打电话回她寝室，手机响了，是沈晨曦的电话。

莫凯睿快速接起，怒火和担忧一并迸发："沈晨曦，你知道我等了你多久吗？"

"你不要等了，她和我在学校外面喝了点儿酒，刚刚回宿舍了。"一个冰冷的男声透过话筒传过来。

莫凯睿焦灼的心，像被人打了一闷棍。

"秦沐阳，是你……"

"是我，我刚刚和晨曦在一起，她的手机落……"秦沐阳还没说完，就听到了那边"嘟嘟"的挂断声。

他呆呆看了会儿手机，果断删掉通话记录。晨曦，对不起，我没办法在分手的这天，看到你和别的男生在一起。

学校操场，莫凯睿恶狠狠地拍着手里的篮球。

在这里打篮球的几个男生，早就认出这是女生们疯狂追求的莫凯睿，都有意要在球场上给他点儿颜色瞧瞧。没想到，他一来就强势抢走了篮球，投篮时还连带摔倒几个人。一时间，他们都被莫凯睿阴郁霸道的气势吓到，不敢向前，最后草草地散了场。

第七章 "司草"的福利

163

凌晨空旷的橡胶操场上，莫凯睿捡起球，独自在场上奔跑，汗水模糊了他的视线。终于，他疲累地躺倒在地，篮球掉在地面上的闷响声敲得他的心一阵一阵地疼。

"沈晨曦，既然忘不了秦沐阳，为什么又要答应见我？"他难过地看着路灯惨白的光亮，觉得这个七夕过得漫长又心累。

第八章

唉，又被放鸽子了

第二天，莫凯睿没去上班。

沈晨曦跑去问李姐，得到的回复是他请了一上午假，要下午才会销假上班。

短短的几个小时，沈晨曦的心思根本不在工作上。她有很多问题想问他，他昨晚为什么没去"青苹果"，她在那里等到十二点也没见到他的踪影，后来打电话给他一直是关机状态，今天上午干脆没来上班。

到底发生了什么？竟然让他放了她的鸽子。

中午，同事们都去吃饭了，沈晨曦还坐在工位上发呆。当她无精打采地拿着饭盒去食堂时，却看到莫凯睿从电梯里走出来。

"莫凯睿，昨晚……"

莫凯睿冷冷地打断她："昨晚你喝得很开心，我知道了，不用再告诉我一遍。"

沈晨曦疑惑地抬头看他："喝……喝什么？"半晌反应过来，"哦，

166

你说喝酒啊，是秦沐阳……"

"晨曦！"她的话还没说完，秦沐阳已经大步走了过来，手里拿着她那部粉红色的手机，"昨晚你的手机落在我寝室了。"

昨天她是在秦沐阳寝室喝的酒！莫凯睿想象出沈晨曦爽约的细节，一股火气涌上心头，他狠狠瞪了她一眼，不耐烦地推开她，长腿一迈，冷冷地走了。

沈晨曦被他冰冷厌恶的眼神刺得愣在原地，昨晚虽然自己迟到了，但爽约的是他，应该生气的是她，不是吗？为什么他的眼神，好像她犯了不可原谅的错误似的？

从秦沐阳手里拿过手机，沈晨曦心慌意乱地跟上去，却始终被莫凯睿的冷气压隔绝在外，自然也没注意到背后秦沐阳别有深意的目光。

接下来几天，莫凯睿都没有和沈晨曦说过一句话，甚至连正眼都没瞧过她。遇到公事，也是转给其他同事和她对接。

沈晨曦每次想上前问他原因，也都被他冷冷的眼神逼退。

很快，实习期就要结束了。沈晨曦本来就只在晟通实习两个月，结束对她来说意味着拿到实习盖章顺利毕业，是轻松圆满的结果。

但是对莫凯睿和秦沐阳来说，却是紧张时刻的开始。他们都是学校推荐给晟通的计算机人才，专业对口，如果能留在晟通则意味着高薪的职位和美好的前途。但是，按晟通历来的惯例，学校推荐的人才里，只有一个人能留下来。而对于能力不相上下的人才来说，最公平的方式就是部门同事投票。

167

天秤座的沈晨曦，再一次发挥了选择恐惧症的强大威力。辗转纠结了两天，还是不知道该把票投给谁。学电视剧里的套路，数花瓣、等红绿灯秒数、扔硬币、让室友举手表决……该死的，仍然没选出个结果。

最后，她只好厚着脸皮去找李姐，申请弃票。

"不可以！"李姐果断拒绝了她的要求，给出的理由是，部门投票人数是单数，每人一票，正好一轮定胜负。

没办法，沈晨曦只好找到徐小小，希望她能代自己做出决定。

不知道为什么，徐小小心情也不好，出教室看到沈晨曦时，整个人都病恹恹的，没有了平时的朝气。待听完沈晨曦找自己的目的，她瞬间蹦得老高。

"啊？这个你还用得着纠结？"徐小小觉得不是自己耳朵堵了，就是沈晨曦想和秦沐阳旧情复燃。要不然她为什么不把票投给莫凯睿？明明莫凯睿不管能力还是对她心意这方面，都比秦沐阳强得多啊！

沈晨曦努力压住扯着嗓子大喊的徐小小，平心静气地道："小小，你冷静，我现在和你说的是公事，与我和他们两人的私人感情无关。"

"我才不管你公事不公事，这个票不能随便投。走，见我表哥去。"徐小小不再废话，一把拉起沈晨曦去找莫凯睿。

周末午后的风吹得人昏昏入睡。

校园林荫道上，莫凯睿站在浓荫蔽日的香樟树下，高大的身影挺拔如画。阳光从枝丫间洒到他身边的那个女孩身上，画面唯美像童话。

呵……好一对金童玉女。

沈晨曦愣神的瞬间，已被徐小小拉到两人面前。

莫凯睿身边的女孩子轻轻地跟她们打了一声招呼："你们好！"

沈晨曦刚刚勉强平静下来的心，不由得泛起一阵涟漪。她微微颔首，不由自主地去看莫凯睿的眼睛，却看到他的目光旁若无人地落在身边的女孩身上。

沈晨曦被刺得转身就走，却被徐小小一把拉住。一拉一扯间，徐小小气咻咻的声音响起："表哥，你们公司要在你和秦沐阳中选一个留下，晨曦姐竟然不知道选谁。你快告诉她，她应该选的是你，而不是秦沐阳那个花心男。"

莫凯睿自沈晨曦出现的那一刻起，心跳就微微乱了节奏。他不敢看她，他怕一看她就忍不住想原谅她。可现在听到徐小小这番话，他的心"咚"一下落到谷底。

原来，自始至终，秦沐阳在她心里的分量一直没变过。而他，大概只是在她伤心落寞的路上，无意中闯入的陪跑。现在，路走完了，她终于要做出决定了。他没有那么重要，也该功成身退了。

失望，不可抑止的失望。

莫凯睿狠厉的眼神由浓转淡，最后染上调侃的笑意。他回答道："小小，她想要投给谁，与我没有任何关系。你忘了，我是怕你被骗跟踪你才认识她的，我和她只是同学兼同事关系，之前也是对她好奇才让你带她去野营观星的。"

莫凯睿云淡风轻地说完，伸手拉过徐小小："所以，你就别操心了。"说完，他定定地看向沈晨曦，"如果你的晨曦姐实在做不了决定，我劝她投给秦沐阳，免得到时他输得太惨，丢了她这个前女友的面子。"

徐小小急得在一旁跺脚，都什么时候了，表哥还这么口是心非！难道他真要把晨曦姐推给那个不负责任的秦沐阳？

别人？前女友的面子？

这一字一句都狠狠刺痛着沈晨曦的神经，她嗤笑着看向莫凯睿，说："多谢小小表哥的指点，我现在知道怎么做了。以后，我一定会做好同学兼同事这个角色的，再见！"一回头，方才在眼眶里打转的眼泪，再也忍不住涌了出来。

沈晨曦……就算你讨厌我、恨我，我也不会让你为难。看着她离开的背影的莫凯睿如是想。

回到寝室，沈晨曦倒在床上放肆流泪。

她不知道到底哪里得罪莫凯睿了，他要这样对她？就算是犯了死罪的刑犯，也有一个被判死刑的理由。她到底做了什么，他连一个理由都不给就判她无期徒刑？

沈晨曦越想眼泪流得越凶。寝室长被吓到，坐在床边问她发生了什么事，她也不理，只管自己掉眼泪。

哭累了，她把床上的玩偶全部拎进卫生间，拿刷子死劲儿清洗起来。寝室长想要帮忙被她推出洗漱间，好不容易等她出来了，又看到她用绳子，吊着湿嗒嗒的玩偶的脖子，挂在阳台上。

170

做完这一系列诡异的举动后，她又躺在床上继续默默流泪。

看这出"悲伤哑剧"看得太阳穴直跳的寝室长，总感觉会有什么不好的事发生。

果然，很快，"砰砰砰"，又凶又猛的敲门声证实了她的预感。

宿管阿姨不善的长沙口音迎面扑来："辣个妹子在搞莫子咯（那个妹子在干什么），湿嗒嗒滴玩具（湿嗒嗒的玩具），介么恐怖滴晾哒（这么晾着很恐怖），么子意思吧（什么意思啊），吓人！"

噼里啪啦一顿乱讲，寝室长只听懂"吓人"两个字。

隔壁寝室的女生跑过来看热闹，有一个和宿管阿姨是老乡，忍着笑添油加醋地把宿管阿姨的话翻译了一遍："你们把湿漉漉的玩具就这样吊着脖子晾在阳台上，不知道的还以为这上面发生命案了呢！"

寝室长下意识地朝阳台看去，玩偶横七竖八地晾着，还在往下滴着水，确实有点儿瘆人，难怪阿姨会以为这里发生了"命案"。

"不好意思，我马上把玩偶收回来，不好意思啊……"寝室长一路赔笑，才送走了怒气冲冲的阿姨。

她无奈地看了看还在流泪的沈晨曦，默默把玩偶收回寝室，正要想办法弄干，身后传来一个带着哭腔的吼声："扔掉！"

虽然不知道发生了什么事，但她知道这是沈晨曦最在意的东西。从前只收藏星座血型书的晨曦，那天和徐小小去逛街时，竟然抱回了一大堆玩偶。之后，就当宝贝似的放在床头，谁也不准碰。

后来，有一次她旁敲侧击地问徐小小，她们去逛街时碰到了什么事，徐小小神色紧张地告诉她，晨曦碰到莫凯睿和另外一个女孩子在玩抓娃娃机，狠狠地损了他一顿，生气地回来了。

从那个时候开始，晨曦对莫凯睿的感觉就不一样了吧。

寝室长无奈地笑笑，搬起凳子，把玩偶一个一个晾在阳台上。为了避免沈晨曦将来后悔，找她赔这些玩偶，现在把它们晾干收好才是正事。谁知道她哪天和莫凯睿和好，又想这些宝贝了呢！

唉，真想给自己封个"中国好室友"。偷偷看一眼已经哭得睡着的沈晨曦，寝室长继续默默整理玩偶。

投票当天，莫凯睿和秦沐阳作为票选当事人，没有出现在礼堂。

沈晨曦坐在一众神情严肃的同事中，时间过得格外难熬。而凑巧的是，她是被安排最后上去投票的，投完还要乖乖坐着等听唱票结果。

在票根上写上秦沐阳的名字时，沈晨曦的笔有些颤抖，一个不小心很轻很细地划出了黑色的线。投到投票箱时，主管正一脸慈爱地看着她，她顿时有种想把票拿回来重新填写的冲动。

她承认，之所以投给秦沐阳，很大一部分是因为莫凯睿那天说的那些刺到她的话。然而，现在已经投了，想后悔也来不及了。

如坐针毡地坐了半个小时，投票结果终于出炉。秦沐阳以一票的优势胜出。沈晨曦以为出了口气，会很开心，结果心里也压不住地难受。她走出礼堂，想深呼吸一口气，却听到前面的同事在议论。

同事A："莫凯睿太可惜了，一票就被淘汰了，综合起来他的实力其实是比秦沐阳更胜一筹的。"

同事B："是啊！这年轻人脑子活，编程水平过硬，也很懂得和同事相处，是个不可多得的人才，一票之差落选实在太可惜了。"

……

沈晨曦越听越觉得愧疚，好像秦沐阳压倒莫凯睿的那一票，就是她投的。是她，因为私人情绪投了这不公正的一票。

回到办公室，莫凯睿桌边围满了同事，有表达遗憾、同情的，也有来表示恋恋不舍的，还有为他打抱不平的。

"小莫，别灰心，今天这个投票根本不代表什么。在我看来，你比留下来的人更优秀。"

"就是，一票之差，咬得这么紧。明明你的绩效考核高出那么多，也不知道是不是某人在背地里使了什么见不得人的手段，才反败为胜的。"

一群人在那儿七嘴八舌，含沙射影地聊个不停。坐在隔壁桌的秦沐阳，脸色意料之中的很难看。

莫凯睿含笑安抚众人："这些日子多谢各位同事的指导和照顾，投票结果如此，我心悦诚服，各位就不要妄自猜测了，免得再伤了同事之间的感情。以后有机会，我们在软件领域再切磋。"

此时，部长也走过来，鼓励道："小莫，好样的，男子汉就要能屈能伸。一个星期后，晟通会有面向社会的大型招聘会，我希望届时能看到你的简历。"

莫凯睿没有明确答应，而是向部长深深鞠了一躬："谢谢您给的实习

173

机会，我学到很多，以后有时间再拜访。"说完，他收拾桌上的私人物品，捧着箱子走出了办公室。

沈晨曦的实习也结束了，她心绪紊乱地捡了几样要紧的东西装好，也跟着走出了办公室，正要按住即将关上的电梯门，却被秦沐阳叫住了。

回头的刹那，她错过了电梯里莫凯睿专注地看着她的晦涩而又留恋的眼神。

"晨曦，你……会来应聘晟通的职位吗？"秦沐阳急忙赶来，说出自己的希望。

"不会。你之前不是也觉得我不适合待在这里吗？"

"我……"

"秦沐阳，加油！"留下这句话，沈晨曦急忙乘着电梯下楼去追莫凯睿了。可是等她走出公司，莫凯睿已经不见踪影。

也好，就算追到他，她也不知道该说什么。以后，他们就是单纯的同学关系，毕业后各奔东西，也不会再有见面的机会了。

相濡以沫不如相忘于江湖。

可为什么，她的心里竟然这么难过？

毕业临近，沈晨曦收敛心思，全力以赴准备毕业答辩。

本来，她以为她和莫凯睿直到毕业都不会再有交集，结果还没到毕业答辩，这种"互不理睬"的局面就被一个陌生电话打破了。是"光绘跑"活动主办人打来的电话。电话里，一个清亮的女声在她耳边响起："喂，

174

请问是沈晨曦沈同学吗？"

沈晨曦微微一愣，答道："是！请问你是……"

"我是'光绘跑'活动的举办人。前不久有一个男生在我们这里定了装备，活动那天他也来青苹果乐园报到了，却没有参加活动。我们一直联系不到他，看到登记表上有你的姓名和电话，所以冒昧打扰你，请问你有时间来拿一下装备吗？"

沈晨曦从愣神中清醒，这么说来，七夕那天，莫凯睿没有爽约，他真的去了"青苹果"！

"喂？你还在听吗？"

电话那边的声音还在继续，沈晨曦敲了敲混沌的脑袋，连忙答道："在在在，麻烦你把地址告诉我，我现在就去拿。"

"青苹果乐园西门红楼接待处。"

沈晨曦在随身小本上记录下详细地址，一身简单T恤牛仔的装扮，匆匆打车去了那里。

赶到时，前来接她的竟然是上次在校园里站在莫凯睿身边的那个女孩。显然，女孩也认出了沈晨曦，语气带着几分惊讶，又有些了然："原来，此晨曦真的是彼晨曦，难怪莫凯睿不是那个莫凯睿。"

沈晨曦被她突如其来的"绕口令"绕得头晕，不等她解释，抢先问道："这到底是怎么回事？你说的装备在哪里？"

那个女孩拿出一对荧光翅膀和一件连体服，回答道："现在是白天看不出有什么，但这个在晚上是能发光的。我们之所以组织这个活动，就是

175

为了鼓励夜盲症患者偶尔出来参加夜晚活动，不要抗拒黑夜。"她短暂停顿一下，对上沈晨曦认真倾听的目光，"那天我去你们学校，就是为了找莫凯睿退还装备的。我们的活动一向只提供连体服，但他在七夕前，特意找到我们，央求定制一套天使翅膀，说是给未来女朋友告白的礼物。结果当晚十点活动结束后，他还是没等到他说的想要告白的女生，也没有拿走装备……"

沈晨曦听得胸闷，微微换了个坐姿，听那女孩继续说道："来你们学校找莫凯睿时，我以为他会收下装备，结果他还是果断拒绝了，他说这个对他已经没有意义了。虽然只是几百块钱的东西，但是我认为应该物归原主。那天，听到你们吵架时他叫你的名字，我就有些怀疑你就这个天使翅膀的主人，今天见到你，看来我果然没猜错……"

看着手里的荧光翅膀和连体衣，沈晨曦彻底说不出话来了。她呆呆抚摸着翅膀，良久才问出一句："那天，他一直在西门等我吗？"

"是的，十点活动结束后，我们的工作人员看到他一直等在这里，十一点才离开。"

她是有多蠢，才会把西门听成东门，和莫凯睿生生错过。

两眼湿润地回到学校后，沈晨曦正要去找莫凯睿解释清楚，打开手机，却看到寝室长的短信息赫然出现在手机界面上。

"晨曦，速回！'叶师太'紧急召开答辩预演，打你电话不接，看到短信快回。晚了，小心遭她'毒手'。"

沈晨曦打开手机解锁，手机处于静音状态，有七通未接来电，其中三通是"叶师太"打的，果然很紧急。虽然她恨不得现在立马去找莫凯睿，但还是有点儿忌惮"叶师太"，所以，只好朝着与男生寝室相反的毕业生专用教室跑去。

沈晨曦赶到时，教室里已经乌泱泱坐了一大群人。沈晨曦悄悄找了最后一排座位坐下，抬头却看到莫凯睿坐在模拟考官的位子上。

心里的喜悦一股脑冒出来。

这是两人产生误会以来，第一次在公共场合见面，换作以往，见到他这么傲气的姿态，她早就在心里吐槽他了：同是毕业生，摆什么谱！

但是今天，在真正得知他对她未说出来的心意之后，她觉得他本应该就是那样的人，天之骄子，比他们这些菜鸟有着得天独厚的优势。

虽然"灭绝师太"在场，但她的目光还是控制不住地望向他。

她赶来的时候，前面一大批同学已经预辩完，愣神的瞬间，又有一批完成了答辩，五分钟一个，好像题目问得都不是特别难。

轮到她的时候，她忍不住对着莫凯睿笑了一下。这笑容映在"莫考官"的眼里，真是要多刺眼有多刺眼。

其他考官问的都是浅显易懂的题目，沈晨曦也顺利地答完。

到莫凯睿时，问题却陡然变得刁钻犀利起来。

诸如什么"可否描述一下有效(valid)的XML和格式正确(well-formed)的XML的区别？"

什么！她根本听都听不懂！而且，这也不是她论文里面的内容，他根

本就是在整她。

好不容易他"良心发现"，降低问题难度，却又牵扯到她私人感情问题，什么"你认为一个女生如果为了男朋友，转到他所在但自己不喜欢的专业，是对谁不负责任"。

……

沈晨曦因得知误会了他而生出的那点儿歉意，因为他这处处针对的口气，消失殆尽。他没爽约，但她也没有啊，她还苦苦等到了十二点，现在他在这么多人面前让她出丑是要想怎样？

沈晨曦瞪了他一眼，坚持"三不政策"，不妥协，不知道，不回答。

莫凯睿见她不开金口，轻轻哼了一声："平时伶牙俐齿的劲儿，去哪儿了？"

现场饶是再迟钝的人也看出两人不对劲，今天"灭绝师太"也反常地站在了沈晨曦这边。她瞥了眼莫凯睿，语气严肃地喝道："小莫，不要问与论文无关的问题。"

莫凯睿转而望了望窗外，低声说了句"抱歉"，示意下一个答辩的同学过来。

沈晨曦还陷在他语气带刺儿，扎得她浑身不舒坦的气氛里，牛脾气一上来，什么淑女形象全不顾了："莫凯睿，我到底怎么得罪你了？七夕那天误会你失约是我不对，但你这么阴阳怪气的，也太幼稚了！"

看她这么轻描淡写地说出七夕的事，莫凯睿也火了，讽刺她："沈晨曦，别三杯酒下肚就装失忆。真不记得，请你去问秦沐阳……"

经此一闹，校园论坛上又更新了他们的八卦，大致内容是由于"第三者"插足，"省墨夫妇"的"黄昏恋"极有可能夭折，真爱粉们顿时哭晕在厕所。

晟通楼下，沈晨曦在等秦沐阳。她倒要听听，莫凯睿口中所谓的那个"真相"到底是什么。

秦沐阳见沈晨曦主动来找他，心中狂喜——晨曦，她没有和莫凯睿在一起，她回心转意来找他了？

"秦沐阳，莫凯睿说，七夕那天……"

"晨曦，你来得正好，我告诉你个好消息，我转正了。"秦沐阳故意转移话题，"今天下班后我请你去吃大餐，为我在晟通的新生活好好庆祝一下。"

"秦沐阳！"沈晨曦今天的心情真的很糟糕，看着他的神色也越来越不耐烦，"莫凯睿……"

"拜托你，今天可以不提到莫凯睿吗？"秦沐阳小心翼翼、字斟句酌地道，"我原本打算下班回学校找你，现在看到你主动来找我，我真的很开心。晨曦，对不起，我后悔了，我不该和你分手。"

今天的沈晨曦让他觉得冷冷的，有点儿难以靠近。也许有些话再不说，他就再也没有机会说了。

"我承认，当初听我父母的话和你分手，对你不公平，也辜负了我们之间的感情。可是，我一直没有忘记过你。我以为，接受谢小楠，开始一

段新的恋情，我就能甘心远离你的生活。但是，在学校论坛上看到你靠在莫凯睿肩膀上的照片时，我吃醋了，不想看到你和别的男生在一起……现在，我在晟通稳定了，我有能力说服我爸妈让我和你在一起。晨曦，再给我一个机会好不好……"

印象中，秦沐阳好像从来没对她说过这么长一段告白，总是她追在他屁股后面跑，他在古街小店给她买了一颗钻石糖，她就答应做他的女朋友了，现在他终于掉转身来追她了，可是她已经不在乎了。

"秦沐阳，抱歉，我爱上莫凯睿了。"

轻轻巧巧的一句话，秦沐阳在这自然流畅的语气里，听到了"都过去了"的释然。他活该，但是他真的不甘心。

"晨曦，你以为莫凯睿就对你百分之百的信任？对你们的感情深信不疑吗？"

"什么意思？"

"呵……七夕那天，我只是撒了个小谎，说你和我在一起喝酒然后回寝室了，他就相信了。他连当面问你的勇气也没有，却相信了我这个'不怀好意'的情敌的电话，是不是很可笑？"

"你，你动我手机了……"

"对，我在你手机里看到了学校论坛上的那张照片。想到你不停看表焦急要去约会的样子，我打电话给他让他误会，然后删除了通话记录……"

"啪！"一记清脆的耳光扇在秦沐阳的脸上。

沈晨曦看着俊朗依旧的他，怒斥道："如果你没有用这么拙劣的方法，我们还可以做朋友……"

说完，她掏出手机，当着他的面，把他的联系方式拉入了黑名单。

知道自己误会了莫凯睿，沈晨曦肠子都悔青了。

平常看电视剧，看到女主角误会男主角，她就恨不得钻进电视机里，戳着女主角脑袋提醒她谈恋爱带点儿智商。现在，她自己成了智商下线的主人公，真是好郁闷啊！

沈晨曦火急火燎打电话给徐小小，想借助她表妹的身份，重新挽回她表哥莫凯睿的心。

结果——

"晨曦姐，我在食堂，嗝——"

沈晨曦被电话中那一声长长的饱嗝吓到。

"徐小小，别告诉我你也失恋了，所以想撑死自己？"

食堂，桌上散落着各种骨头、粉面的残渣，徐小小一副吃撑了的样子，瘫在椅子上，满脸生无可恋的样子。

沈晨曦捏着刚刚喝剩的半瓶矿泉水，递过去，问她："为什么这么想不开，要糟蹋这些食物？"

徐小小连翻白眼的兴致都没有了，语气里是前所未有的沮丧："大家好像都去谈恋爱了，留我一个人，孤家寡人的。"

"错，是大家都去上晚自习了，只有你一个人在食堂海吃海喝，还胡

说八道。"沈晨曦看着徐小小委屈伤心的小脸，一阵感慨，想要搞定莫凯睿，看来还得先把这小妞的情伤治愈。

唉，革命尚未成功，沈同志还得继续当"知心"姐姐啊！

"小小，你这么伤心。七夕，于宇阳没有去，对吗？"

不会啊，明明那天于宇阳接到她的电话，语气都不镇定了，还没等她瞎编完徐小小是怎么晕倒的，那边已经挂了电话。

听他语气里的不对劲，应该火急火燎地赶去了啊！

徐小小烦躁地戳戳桌上的残渣："不，他去了，看到我从医务室门口完好无损地跑到他面前时，脸都绿了。"

"唉，见过傻的，没见过你这么傻的。"沈晨曦拍拍徐小小的脸，"你就不会装一下病嘛，这么实诚干什么？"

"可是，我都已经对不起他一次了，不想再骗他了。"

这个傻妞，骗他去医务室难道就不是骗了吗？

"然后呢？"

"然后，我给他打电话，不接；给他发短信，不回；去教室堵他，装不认识；今天，看到他和一个美女有说有笑地从图书馆走出来……"

"所以，你想要放弃了？"

又一个饱嗝响起，徐小小忧郁地从喉咙深处发出一声低低的叹息："晨曦姐，我今天……心情真的好复杂啊……"

"别跟我在这儿伤春悲秋。"沈晨曦戳戳徐小小的脑袋，很直接地鄙视她，"难道，追不到于宇阳，你就要在你人生最美好的年华里，变成一个死胖子吗？"

"是啊，是啊！阿姨，麻烦再给我来两份炒饭。"徐小小朝食堂阿姨死劲地招招手，"晨曦姐，让我们红尘做伴，吃得白白胖胖吧！"

沈晨曦真要崩溃了！ 她上辈子一定是炸了银河系，才会碰到徐小小这么个扶不起的阿斗。

莫凯睿和于宇阳赶到的时候，徐小小正抱着食堂的垃圾桶吐得撕心裂肺。沈晨曦在旁边一边递水，一边拍背，逮着空隙还要拿纸巾给她擦嘴。

莫凯睿头痛地捏了捏眉心，收到小小的微信时，他正和于宇阳在交接天文社的事务。毕业了，他这个社长也该功成身退了。

对小小这个表妹，他一直是不放心的。幼稚任性，今天不知道撞了什么邪，竟然跑到食堂发疯，她不知道她有胃病不能吃太撑吗？

一看到微信视频里满桌的食物残渣和她撑得直哼哼的傻样，他就恨不得狠狠揍她一顿。

这边，他正气着，那边于宇阳已经先行一步往食堂去了。

沈晨曦搀着徐小小站起身来，看到莫凯睿和于宇阳走过，心里一阵窃喜，来一赠一，今天赚到了。

没错，微信视频是她拿徐小小的手机发的。

虽然在这种时刻，擅用小小的手机不对，但是她想不出别的办法把莫凯睿骗出来见她了。没想到歪打正着，于宇阳也来了，她心里对小小的歉疚也稍稍减轻了一点儿。

183

待他们走近时，沈晨曦很上道地把吐得瘫软的徐小小往于宇阳那边一推。果然，于宇阳急忙走近两步，一把扶好徐小小，然后，不谦不卑地对莫凯睿说："社长，我先送小小回宿舍了！"

莫凯睿点了点头，补上一句："记得给她买点儿健胃消食片。然后，他走过去收拾徐小小留在桌上的一片狼藉。

沈晨曦抓住机会，解决自己的烂摊子。

"莫凯睿，事情我都知道了。那天，我没有喝酒，秦沐阳被甩了，我陪他坐了一会儿，然后送他回宿舍时，手机落在他那儿了。他打电话给你，我不知道，因为他删了通话记录……"沈晨曦一股脑地解释，看某人还是一副无动于衷的样子，语气变得有些泫然欲泣，"我去了青苹果乐园，没有手机，不记得你的手机号码，不敢到处乱走，在东门等你等到十二点，你都没有来……"

莫凯睿忙碌的动作停顿一下，叹道："原来是这样。"

沈晨曦被他淡然的语气说得有些愣，鼻头泛酸，低头讷讷地问："那……我们……"

"这次，换你来追我！"

于宇阳扶着徐小小回女生寝室的途中，她推开他蹲在绿荫大道旁抱着垃圾桶，吐得昏天黑地，不知今夕何夕。

在天文社办公室，听莫凯睿说徐小小有胃病时，于宇阳就后悔了。七夕那天，他赶到医务室，看到徐小小完好地站在自己面前时，他以为她在骗他，连解释的机会都没给她就走了，之后，再也没给过她好脸色。现在，看她这么痛苦的样子，看来，是他误会她了。

"小小，你还好吗？"

"没事。"徐小小哼哼唧唧，试图用自己的身体挡住呕吐物。千万不能让于宇阳看到，不然她靓丽的淑女形象就要毁于一旦了。

"对不起，七夕那天我误会你了。"

"啊？"什么情况？于宇阳竟然向她道歉。

"七夕？"徐小小的脑子有点儿蒙，难道吃撑出现幻觉了，"七夕，是我让晨曦姐给你打电话，骗你去医务室的。"

"什么？你不是有胃病吗？"于宇阳刚刚缓和的脸色瞬间一片阴霾。

徐小小立马站直了身体。老天爷，不是晨曦姐拿她有胃病的消息把于宇阳骗过来的吧！她说了不会再骗他的，这下真的惨了。

她小心翼翼地观察着于宇阳的神色，果然是大怒的预兆。嗯，还是实话实说，争取宽大处理吧。

"我是有胃病，但是七夕那天我没有犯病。我只是想和你约会，才胡乱编出一个理由骗你的。"

"想和你约会"这五个字，让于宇阳跌到谷底的心情有了回升。但一想到那天她竟然维护李司白那个花心男，心情还是没办法彻底放晴。

跟着沈晨曦那么久，徐小小也多少学会了一点儿察言观色的本事。这会儿，看到于宇阳的脸色由阴转多云，再从多云转阴，猜他肯定是想到了那天打架的事。

"于宇阳，那天我没有要帮李司白。我只是怕你下手太重，把他打得重伤，会被抓去警察局，才让你下手轻点儿的。"徐小小把头摇得像拨浪鼓，"我真的没有维护他，你一定要相信我！"

原来是这样。他还是误会她了。

"好的，我知道了，我送你回寝室吧！"于宇阳上前搀起她，嘴角勾起一丝笑意。

徐小小心头暗喜，趁热打铁，试探地问："你笑了，是不是就代表原谅我了？那我，可以追你吗？"

于宇阳一个趔趄，差点儿带着她一起摔倒。徐小小，你真是不害臊！

但，谁让他也喜欢她呢？

"可以！"于宇阳脸色微红地点头。

"哇！"

徐小小感觉自己圆满了，一得意也不顾于宇阳在旁边，拿起手机狂打电话给沈晨曦："晨曦姐，你以后不要再说我傻了。我跟于宇阳都解释清楚了，他答应给我机会让我追他了。"

电话那边，正在烦恼要怎么追莫凯睿的沈晨曦笑得灿烂无比。

哈哈，她有伴了！

第九章

莫凯睿，我一定把你追到手

　　沈晨曦"重操旧业"，把莫凯睿的星座、血型一通搜罗，制定了一份完整的"追男计划"，顺便把于宇阳的也整了一份送给徐小小。

　　两个打鸡血的女人，再次回到"云间书吧"，"密谋"了一下午。

　　"晨曦姐，你觉得这样真的有用吗？"徐小小看到自己那份追于宇阳的攻略里只有"死缠烂打"四个张牙舞爪的大字，有些怀疑。

　　沈晨曦看向敢怀疑她专业能力的某人，毫不客气在她额头上敲了一个栗暴："你忘了当初是怎么找上我的啦？我都帮你搞定李司白了，你还敢怀疑我的能力。"

　　"可是这不一样啊！"徐小小继续不怕死地怀疑，"上次是甩花心男，这次是追花美男，嘻嘻……真的只要死缠烂打就行了吗？"

　　"行！相信我！"沈晨曦把头往后微微一仰，两手交叉，摆出专业讲解的姿势，"于宇阳，A型血，外表冷淡，内心火热，典型的闷骚男。加上又是摩羯座，星座中的闷骚之王，哪怕心里爱你爱得要死，也会把感情藏起来，不让你窥露出分毫……"

徐小小听得一愣一愣的，晨曦姐果然很厉害，把于宇阳分析得那么透彻。不过……

片刻后回过神来，徐小小愤怒地举手抗议："说谁闷骚呢！"人家这叫低调奢华有内涵。

沈晨曦赏她一个白眼，附和道："是是是，你家于宇阳就是一杯午后阳光中的浓咖啡，高端大气上档次。"

"不过……"

"不过什么？"

"不过，晾在那里谁都不敢喝。你这个花痴不用热情去化解他的话，他这杯凉掉的咖啡怕是连凉开水都不如。"

"我一定会追到他的。"徐小小把胸口拍得震天响，"嗯——那我表哥呢？他是什么品种的……咖啡？"最后两个字，被徐小小拖得老长。

"他不是咖啡，他是……稀缺资源。"

这又是什么比喻？

"0型狮子男，自恋狂加一级挑剔，对你好的时候，就是沸腾的白开水，咕噜咕噜……"

"不好的时候呢？"

"凉白开，喝一口都能塞牙！"

徐小小挑挑眉，坏笑着说道："嘿嘿，那你打算怎么对付我表哥这碗

189

凉白开啊？"

"山不就我，我就山。"

"什么意思？"徐小小感觉很郁闷，自从加入晨曦姐的"追男大计"后，她的智商更不够用了。

"告诉你，你也不懂！"沈晨曦拍拍徐小小的肩，"'追男大计'讨论到此结束，咱们今天各回各家，各找各妈，明天约会开始！"

徐小小不满地嘟嘟嘴，既然同是天涯失恋人，她也得做点儿贡献啊！

于是，趁着沈晨曦起身去上厕所，她一把将桌上的资料都扫到背包里，留下一张小字条："晨曦姐，我回家了，明天来我家找我吧，地址……"

沈晨曦回来时，看到桌上被扫荡一空，徒留一张小字。看完，她暗自祈祷："徐小小，你这个智障，千万别把资料给莫凯睿看啊！"

徐小小的家在大学城附近的一个小区里。周围都是六七层的高楼建筑，只有她家独占一隅，是一栋两层的白色小楼，楼身爬满了绿藤，门前小院子里种着绿油油的小青菜。

沈晨曦很礼貌地按了按门铃。

"叮！"

一个披头散发的小脑袋探了出来。

"晨曦姐，早！"

沈晨曦每次到别人家做客就浑身不自在。所以，她也没有要进去的打算，站在门口小声催促："小小，你快点儿进去洗漱，我在外面等你。我们今天还约了莫凯睿和于宇阳去溜冰呢！"

徐小小不动，揉了揉头发后又过来拉她进门："还早呢，既然都过来了，顺便在我……家吃个早餐吧！"

客厅里，一个温文儒雅的中年大叔在看报纸，然后，一个气质高雅、风韵犹存的阿姨温柔地笑着给她倒了一杯茶，又进厨房准备早餐去了。

沈晨曦结结巴巴地唤了一声"叔叔""阿姨"，端着手里的茶杯直灌水。

好紧张，这二位不就是莫凯睿的姨母、姨父吗？一家子长得都好看，可惜就是徐小小……稍微有点儿拉后腿。

徐小小不知道自己的外表被鄙视了，还在一脸笑呵呵地介绍："舅舅，这是我常跟你提的沈晨曦。怎么样，长得很漂亮吧！"

沈晨曦一口水呛在喉咙里。什么？舅舅？难道，这不是小小的爸爸，而是……

果然，不一会儿，沈晨曦的余光瞥到某个熟悉的身影从楼梯上走下来。再一看，妈呀，莫凯睿！虽然穿着白背心、花沙滩裤，简单居家，却依然挡不住他那股帅气。

某个人明显也没想到，会在这样一个早晨，在自己的家里看到沈晨曦。刚要出口的哈欠死死忍住，装酷地转身上楼换衣服，一个不留神，差点儿踩空台阶。

191

徐小小忍笑忍到肚子抽筋，凑到沈晨曦跟前嘀咕："你的凉白开，刚刚差点儿原形毕露了，哈哈。"

自从知道进的是莫凯睿的家，沈晨曦内心就叫苦不迭：徐小小，你要害死我吗？

莫爸爸把两个小女生的举动尽收眼底，他爽朗一笑，伸手从旁边的矮柜里拿出一本书，递给沈晨曦："听说，你也喜欢研究星座和血型？"

是严教授的《星座&血型大解析》。

沈晨曦两眼放光，很恭敬地点点头，答道："从星座血型去研究人，很有意思。"

莫爸点头赞同："小小答应过你，这本书就送你了。"

沈晨曦已经顾不上追究徐小小透露了她多少秘密，感激地连声道谢。

"你那个'追男大计'我也看了，很精准也很有趣。不过，我家这小子，有点儿霸道，还有点儿大男子主义，你不要一味地迁就，该收拾的时候，不要手下留情。"

啊，沈晨曦真恨不得找个地缝钻进去。

被骗来见家长就算了，为什么还把她的秘密透露出去？

"咳……爸，你胡说什么呢？"某人已经换装完毕，走到客厅里。

他穿着一件烫过的白衬衫，搭配蓝色合身牛仔裤。刚洗过澡，短发湿漉漉的，搭配斯文的黑框眼镜，看起来十分清爽。

沈晨曦的心微微颤动。果然，气质这东西，也是分人的。

此时，莫妈妈准备好了早餐。

鸡蛋羹、绿豆粥、高汤素丝面。

她一人一份端上来，徐小小呲溜呲溜地大口开吃。莫凯睿用筷子敲敲她的脑袋，示意她吸面不要发出声音。

莫妈妈笑看着他们，又转头轻轻柔柔地问沈晨曦："好吃吗？"

沈晨曦抬起头，甜甜笑道："好吃！"

莫凯睿余光瞥到她干净的侧脸，勾起一抹笑。

溜冰场。

沈晨曦低头看着自己一身短袖、短裙，冻得直打哆嗦。

偏偏徐小小还选了一家人气超旺的溜冰场，能避寒的衣服都被租光了。看着坐在场外、披着外套、吃着冰激凌的小朋友，沈晨曦羡慕得两眼发红。

她真是自作孽，不可活，三十六计，什么计不好选，偏偏要选苦肉计。看着全程忽视她，独自在场内溜得悠然自得的莫凯睿，沈晨曦恨得牙痒痒。

说好的一起来溜冰呢？徐小小自从于宇阳来了之后，眼里就没有她这个盟友了。倒是谨遵她"死缠烂打"的教诲，不断装柔弱装摔倒，果然成功牵手于宇阳。

这会儿，两人正在练习双人花样溜冰呢。什么蛇形绕桩，交叉绕

转……各种姿势，各种花样，引得其他溜冰的小伙伴都驻足观看。

哼……好歹她也是交了门票钱进来的，虽然技术很差，但是绕着冰场走一圈还是没问题的。

沈晨曦战战兢兢地滑进冰场，刚扶着栏杆走了两步，一个重心不稳，摔倒了。

"先以V字形姿站好。"莫凯睿凉凉的声音从斜前方传过来。

沈晨曦跌跌撞撞地爬起来，心头暗喜："嘿嘿，小样儿，绷不住了吧，舍不得我摔了吧。"

莫凯睿继续皱紧眉头，下命令："现在，转身，慢慢往场边栏杆挪，"沈晨曦温顺地照做，"然后，扶着栏杆往前走十步……"

一步，两步……十步。

出口？

沈晨曦无语了，还以为他回心转意也要教双人花样溜冰，结果，他只是让她自己走出去。

嘤嘤嘤，这个人的心真是比石头还冷酷。

看来，待会儿去看电影，得用绝招了。

沈晨曦回到场外，脱掉溜冰鞋，拿起手机，把昨天预订好的《雷神》四张电影票，全部换成了恐怖电影《笔仙撞碟仙》。

这部恐怖电影的原版小说她看过，当时被吓得一个星期不敢上厕所，死皮赖脸地和寝室长挤一张床。待会儿被吓得眼泪鼻涕横流，她就趁机找个机会靠在他肩上，尖叫一声再抱住他，到时看他怎么好意思把她甩开。

看到莫凯睿、徐小小、于宇阳三个人终于走出冰场，沈晨曦双眼都放光了。

她殷勤地上前给他们递上饮料，讨好地笑道："待会儿我们去看恐怖电影吧，韩国的，听说得了好多项大奖呢！"

"好啊，好啊，我最喜欢看恐怖电影了。"徐小小顺势揽住于宇阳的胳膊，"待会儿如果你怕的话，就靠在我肩上，我罩着你。"于宇阳看着她，笑笑不说话。

莫凯睿无所谓地耸耸肩，看什么都可以，他倒要看看这个傻妞还能搞出什么花样。

电影院，四个人排排坐。

沈晨曦左边是徐小小，右边坐着莫凯睿，她大概推算了一下坐的距离和电影最恐怖的剧情，在脑海中推算好，大概看到三十分钟的时候，就可以往莫凯睿肩膀上靠了。

但是，她没想到的是，这年头恐怖电影都弄成3D的了。她看电影的习惯很好，不嘴碎、不吃零食、也不玩手机，就是……就是一戴3D眼镜就昏昏入睡。

所以，电影播到三十分钟时，她已经去梦里和周公约会了。

"沈晨曦，醒醒。"莫凯睿无奈地一手抚额，一手推推从电影开始一直睡到电影结束的某人。

"啊！演到哪儿了？"沈晨曦睡眼蒙眬地坐直身体，舒服地伸了个懒腰，问道。

莫凯睿瞥瞥被口水打湿的肩膀，臭着一张脸没好气地道："你自己看。"

前面屏幕上播放着诡异的结束音乐，沈晨曦一把摘下3D眼镜，什么！电影播完了！

此时，邻座的徐小小正窝在于宇阳的怀里，哭得梨花带雨。

"小小，你怎么了？"沈晨曦被这阵势吓到了。

"没事，看电影吓的。呵……还说要保护我，真是个傻丫头！"于宇阳说完，拿出纸巾温柔地给她擦眼泪。

我的天啊！发生了什么事？这么肉麻的台词，竟然会从于宇阳这个大冰块口中说出？

等等！这个"美女楚楚可怜，帅哥温柔呵护"的场景，不是她为自己和莫凯睿设定的吗？什么时候变成徐小小和于宇阳了？

她撇着嘴一脸委屈转过头去，想从莫凯睿那儿找找安慰。

结果，这厮一脸嫌弃地指指自己的肩："沈晨曦，你的口水把我的衬衫弄湿了！"

啊……

丢人丢到外婆家了！

第一次约会，沈晨曦惨败！

三天后，毕业生篮球比赛上。

为了一举攻下莫凯睿，沈晨曦发扬不抛弃、不放弃的精神，拉着徐小小加入了啦啦队，为莫凯睿加油。

"出来看看嘛！"徐小小扒着换衣间的门，伸着脑袋往里瞧。

沈晨曦一手遮胸，一手挡住肚子，扭扭捏捏地走出来，垂头丧气地道："小小，我后悔了。"

她是得了失心疯吗？竟然想出这么一个烂招！

早知道在外面乖乖地当观众多好，一样可以为莫凯睿加油打气。

现在，这两截式露肚子的泳衣，是什么东西？

一想到她待会儿要穿着这几块遮不住肉的破布，当着那么多人的面跳舞蹈动作，就恨不得找个面具把脸蒙起来。

徐小小双手环胸，看着打退堂鼓的沈晨曦，笑道："我是不会退出的，于宇阳和表哥都在，我要为他们加油。而且，现在离出场只有两分钟了哦……"说完，她还幸灾乐祸地比比手指。

啊……沈晨曦在心里狂吼，谁来救救我？我不要出去啊！

"现在，请啦啦队队员入场……"

要死了，两分钟怎么过得这么快？

沈晨曦听到广播，全身上下都紧绷起来，整个人愣愣地直往后退。

徐小小见状，一个蛮劲上来，把她推到了队伍最前面。

"哇，快看，这届啦啦队队员都好漂亮，服装好性感啊！"

"是啊是啊，听说好多是为了风云学长莫凯睿来的，这下有好戏看了！"

整个看台都沸腾起来了，尤其是男生，口哨声、叫好声都快要把体育场掀翻了。

沈晨曦看也不敢看坐在场边休息的莫凯睿，四肢僵硬地跳着舞蹈动作。终于跳完了，准备回后台时，却听到四周传来此起彼伏的起哄声。

"亲一个！亲一个！"

循声望去，原来是于宇阳！他追上走在啦啦队后面的徐小小，众目睽睽下给她披上了自己的外套，还给了一个深情的拥抱。

几米开外，于宇阳稍稍放开徐小小，用手刮了刮她的鼻子，说道："很漂亮！但是，以后不要再这样穿了，我不想让你被其他男生看到……"

愣了三秒，待意识到于宇阳是在吃醋时，徐小小一蹦三尺高，兴奋地高声大叫道："你也喜欢我，对吧？刚刚你说我漂亮，还说不让给别的男生看！"

"嘘！"于宇阳失笑地按住怀中蹦蹦跳跳的女孩，"下去换套保守点儿的啦啦队服，待会儿球赛完我带你去吃饭！"

"嗯！"徐小小难得地装了一次淑女，靠在于宇阳怀中乖乖地回了一句，"我等你！"

沈晨曦看着不远处旁若无人、"郎情妾意"的两人，心里一阵阵发酸。同样是倒追男生，差距怎么这么大呢！

"唉……"长长的一声叹息后，她没精打采地准备回后台换装。

"沈晨曦，谁准你穿成这样的！"

沈晨曦一回头，莫凯睿不知道什么时候走到了她面前。

这是什么语气？

沈晨曦心里不爽，脸上却还是甜甜地笑着："这，这……是啦啦队的队服啊，有什么问题吗？"说完，她自认为很美地在原地转了一圈。

对付这种不解风情的怪胎，装傻就是最好的武器。

哼！气死你！

果然，这话一出，莫凯睿的脸色比刚才更黑了："几块清凉的破布围在身上，这就是你的审美观？"说完，他"不怀好意"地摸了摸下巴，目光把她从头到脚又扫了一遍。

沈晨曦心头一紧，不好，这人又要狗嘴里吐不出象牙了。

果然……

"难道你不知道，肚子上有游泳圈的'太平公主'，更适合穿广场舞阿姨的健美服吗？"

该死的莫凯睿，我和你什么仇什么怨！

此时，刚和于宇阳依依不舍分开的徐小小，屁颠颠地走上前来，唤道："晨曦姐、表哥……"

"闭嘴！"

沈晨曦和莫凯睿同时开口，吓得徐小小愣在原地。

"我……我来是想跟你们说，篮球赛第二场快开始了。表哥，你可以上场了，晨曦姐，我们也该去后台换装了……"

四周的空气安静了几分钟。

就在徐小小向于宇阳投去求助的目光时，莫凯睿开口了："小小，带她去换套'得体'的啦啦队服。如果再让我看到你们穿成这样，小心我……"

"遵命！"徐小小谄媚地笑笑，不待莫凯睿把话说完，一把拉过沈晨曦，飞一般地向后台跑去。

沈晨曦一步三回头，看向冷冷发号施令的某人。

莫凯睿，我一定把你追到手，你给我等着！

晚上七点，学校主教楼前的露天大厅。

会场用五颜六色的气球、鲜花装饰，毕业生们穿着蝙蝠侠、王子、猎人、公主、灰姑娘等奇装异服，开始了一场神秘的假面舞会。

此时，沈晨曦刚从"午睡"中醒过来。她猛地睁开眼，宿舍的白炽灯亮得刺眼，转头，寝室长正站在她的床前，目光森冷地盯着她。

"啊！你要吓死我啊！"沈晨曦猛地坐起来，抚抚胸口。妈呀，她是说过让寝室长准点叫她起床，但也没让寝室长装黑面鬼吓她啊！

"终于醒了？"寝室长看着她迷迷糊糊的样子，无奈地摇头。

"废话。"沈晨曦没好气地回答，"我不醒怎么会看见你？"

"那你知道现在几点了吗？"这沈晨曦，中午从食堂吃完饭回来就呼呼大睡，睡前还叮嘱她六点一定要叫她起床。她就差没把凉水泼她脸上了，她却睡得跟死猪一样，就是不醒。

现在都快七点一刻了，她还睡意昏沉。

"你再不去，舞会就要结束了。听说这届毕业舞会有很多漂亮学妹参加，而且都是冲着莫凯睿去的哦……"寝室长看她有还想倒头再睡的趋势，继续火上浇油，"啧啧啧，这一个个都排着队想跟莫凯睿跳舞，我们这风云学长果然'艳福不浅'……"

最后一个"啊"字还堵在喉咙眼，沈晨曦已经匆匆忙忙穿上拖鞋奔到了寝室门口。

"哎，你确定要穿成这样出门？"沈晨曦循声回头，寝室长手指头正勾着她那件印着芭比娃娃的粉色内衣，笑得花枝乱颤，"至少把内衣穿上，不然莫凯睿没追着，这头条又要被你承包了。"

沈晨曦挫败地转身抢过内衣，跑进浴室。

都怪莫凯睿！她为了给他加油，不顾四肢不协调，在啦啦队起早贪黑地练舞。他倒好，不领情就算了，还在大庭广众下嘲笑她的身材。

篮球比赛结束后，她化悲愤为食欲，把对莫凯睿的不满化成食物通通吞进了肚子里。本想美美地睡上一觉，在晚上的毕业舞会上来个绝地反

击，谁知道，她竟然睡过头！

嘤嘤嘤，还有比她更蠢的人吗？

不过……沈晨曦看着镜子中的自己。她真的是莫凯睿所说的"太平公主"吗？明明这胸挤挤还是有的嘛！套上垫着厚厚海绵垫的内衣，沈晨曦抬头挺胸地走出浴室。

"磨磨蹭蹭，你在里面生孩子吗？"寝室长翻着白眼，把手里的衣服扔给她，急忙催促道，"快点儿穿上去舞会，不然莫凯睿要被揩油揩得渣都不剩了。"

"你不去吗？"沈晨曦一边换衣服，一边抬头看向寝室长，"这可是我们学生时代的最后一场舞会！"

"这你就不用操心了，等我考上研究生，多得是可以施展我舞技的机会。"

"你就这么肯定能考上研究生？"某人显然又皮痒了。

寝室长抱着肩，冷冷地笑道："以你的智商肯定不行，不过对于我来说so easy（如此简单）！倒是你……"她微笑着重重拍了下沈晨曦的肩，"不知道要何年何月才能找到工作。这绯闻男友嘛，经过今晚也不知道要变成谁的正牌男友喽！"

原来怎么没发现寝室长这么毒舌腹黑啊！

"呵呵……再见！"沈晨曦在寝室长阴森的笑声中，健步如飞地逃出了门。

舞会现场，沈晨曦彻底蒙了。不是说毕业舞会吗？这一个个的都打扮成"妖魔鬼怪"，是在过万圣节？

A大的毕业舞会一直是每年的重头戏，去年她偷偷逃了"灭绝师太"的晚间选修课，跑来蹭学长学姐的离别舞会，那真称得上是A大有史以来最唯美浪漫的一届舞会。

含羞带怯的漂亮学姐们，如同优雅的茜茜公主，西装革履、长身玉立的学长们风度翩翩地揽着她们的腰，轻柔地踩着华尔兹舞步，踮脚、侧身、旋转……乐队奏着优美的《蓝色多瑙河》舞曲，仿佛电影中才会出现的场景……

舞群中，有一位学长跪下来向和他共舞的学姐求婚！她隔着熙熙攘攘的人群，都能感受到学姐满满的幸福。而她这个泪点低的人，眼泪全掉在手中的红酒杯里，味道……真咸。

沈晨曦从回忆中醒过神来，一个身穿龙装的大胖子，正在她身边扭来扭去。

"喂！这位同学，你跳舞就跳舞，贴我这么近干吗？"虽然她舞跳得也很差，但也没像这胖子同学这么没美感啊，一身肥肉还对着她跳舞，简直就是虫子在蠕动。

"你真是讨厌，人家这是在跳肚皮舞啦！"

咦……听到这么嗲的声音从一个男生口中发出，沈晨曦被恶心到了，鸡皮疙瘩瞬间掉了一地。她环顾四周，全都是一群不人鬼不鬼的男生女生

在那儿群魔乱舞。

莫凯睿应该还没来！沈晨曦暗想，那厮向来眼睛长在头顶上，傲气得很，才不会降低格调和这群"妖魔鬼怪"共舞。

正准备"逃离"现场的她，没看到不远处某个盯着她看了很久的人扒开人群一步一步朝她走来。

"谁啊？"沈晨曦突然被人抓住肩膀，被推着向前走。慌乱间，她一个条件反射手肘用力向后撞，狠狠机打在身后那人的下巴上。

"沈晨曦！"一双清澈如水的眸子透过银色的面具愤怒地盯着她。

"莫……莫凯睿！"沈晨曦不由得后退两步，看着眼前比自己高一个头的男生。

半晌，她捂着肚子笑出声来："哈哈哈，你不要告诉我，你今天是在c扮演王子？"

"怎么？不行吗？"刚刚遭到"误伤"的某人，语气带着咬牙切齿的意味。要不是从徐小小口中探知，某个花痴成天幻想王子，他才不要丢这个脸扮什么王子呢！

沈晨曦学着他上午打量她的姿势，玩味地开口："呃……黑色短款燕尾服，搭配黑色高腰裤，确实有几分王子的气质，不过嘛……"如愿看到莫凯睿的脸色沉了沉，沈晨曦心里比喝了蜜还开心，悠悠地继续开口"报复"道，"这面具路边摊买的吧，上面还插几根羽毛，你以为自己是言情小说男主角啊，装神秘来骗纯情小妹妹？"

"你！"莫凯睿终于体会到，"唯小人和女子难养也"的深刻含义。

说好的等她来追他的，可是，看到她一身T恤加热裤的性感装扮出现在舞群里，还有男生贴在她身边跳舞，他再好的修养也按捺不住了。

火急火燎现身，想带她退出舞圈，却被她"暗算"，外加一顿夹枪带棒的嘲讽。

"既然沈同学这么有兴致，那就留在这里跳个够吧！"莫凯睿说完，面无表情地扒开人群往外走。

沈晨曦看看不知何时跳到身边的胖子同学，还有几步开外一群吸血鬼装扮的男生对着她龇牙咧嘴地大笑，顿时死死扯住莫凯睿的衣摆，跟着挤出了人群。

徐小小和于宇阳上完晚自习赶到时，看到广场外围的长桌上，莫凯睿和沈晨曦正隔得老远坐着，闷闷地啜着饮料。

沈晨曦看着摆在面前的精致小点心，食欲全无。她一定是睡昏头了，好不容易莫凯睿主动向她示好，她找个台阶下就好了，为什么还要逞口舌之快。这下好了，现在要追到莫凯睿，简直比登天还难了。

余光再三地偷瞥，那边莫凯睿已经把西装脱了，白色的衬衫袖口挽到手肘，微微汗湿的头发耷拉着，一副偶像剧中贵公子的模样。

有芳心大动的学妹壮着胆子上去搭讪，都被他冷冷的一句"没兴趣"打发了。

"男色祸人啊！"沈晨曦腹诽，认识莫凯睿这么久，她总算有点儿摸

清了他的脾气。对自己在意的人可以热情似火。而对陌生人，除非他心情好，否则管你长得如花似玉还是倾国倾城，都给他靠边站。

沈晨曦同情地看着碰了一鼻子灰的漂亮学妹们，伸手端过桌上的西瓜大口啃着。

跟着莫凯睿从人满为患的舞群中挤出来后，这厮脸上就写着"生人勿近"四个大字。还好她有眼力见儿，没有上去当炮灰。

不过，这是他喝下的第几杯冰水了？再热，也不能这样灌吧，而且都半个小时了，竟然没去过一趟厕所。

一旁的徐小小看着沈晨曦呆头呆脑"偷看"表哥的傻样，恨铁不成钢！还爱情军师呢，怎么碰到她家表哥，就成地主家的傻丫鬟了？

连她这个局外人都知道，莫凯睿若是真生气了，早就甩手走人了，哪还能乖乖待在那里，接受那些学妹乱射的丘比特之箭啊！

这种情况下，晨曦姐就应该用给她传授的"死缠烂打"之计，一举把别扭的表哥拿下啊！她竟然优哉游哉地吃西瓜，是不是傻！

看来，是她徐小小出马的时候了。

徐小小扯扯身边的于宇阳，在他耳边嘀咕："待会儿你配合我，我去找晨曦姐，你找我表哥……"

于宇阳听完她的一通撮合大法，微不可察地皱了皱眉头："小小，他们的事就让他们自己解决吧，我们就别掺和了。"

"于宇阳，你说的什么话？别忘了，你今天在篮球馆抱了我，后来还在学校后花园亲我了，你已经是我的男朋友了。现在女朋友表哥'有难'，你到底帮还是不帮？"

于宇阳无语了。这丫头所谓的帮，就是要他配合她一起跳舞，然后接吻，以此刺激沈晨曦？别说这法子幼稚，他身为她的新晋男朋友，也没有当众秀恩爱的嗜好啊！更何况还是在前任天文协会社长面前！

而徐小小想的是，通过中午于宇阳的那个告白之吻，她的爱情已经大丰收啦！可和她一个阵营的晨曦姐还在苦苦煎熬呢，关键时刻，她怎么忘恩负义、见死不救呢！对晨曦姐来说，现在最好的法子就是激将法啊！

看到徐小小赌气地嘟着嘴，于宇阳妥协了，他硬着头皮走向莫凯睿，思忖着该怎么才能说服莫学长一起去跳那幼稚的兔子舞。

"晨曦姐，我们去跳舞吧！"徐小小笑眯眯地跑到沈晨曦身边，兴致勃勃地建议道。

"不去！"沈晨曦继续往嘴里塞着西瓜。

"可是，我表哥也会去哦，最后一支舞是兔子舞。这种集体舞最方便男生女生交流感情了。就算有什么不愉快，一起蹦跶一下就好啦……"徐小小继续循循善诱。

"嗝……"沈晨曦打了一个饱嗝，"莫凯睿去，我就去！"

徐小小心头狂喜，朝那边的于宇阳递了个"搞定"的眼神。

那边厢，莫凯睿把两人的小动作尽收眼底。他看看脸色尴尬的于宇阳，率先开口："说吧，新社长不会是来找我谈人生、聊理想的吧！"

唉，这哥们儿遇上他那恶魔表妹，也真是为难他了。

于宇阳轻笑道："学长，我也不拐弯抹角了。小小为了撮合你和晨曦学姐，特意派我来请你去跳……兔子舞。"

第十章

问 世 间 情 为 何 物 ， 不 过 一 物 降 一 物

　　"兔子舞？"莫凯睿无奈地摇头，这确实像他那咋呼的表妹干的事。不过，跳个舞就能撮合他和沈晨曦，这未免也太搞笑了吧！瞥一眼可怜兮兮向他这边看来的沈晨曦，也罢，跳就跳吧！也许这是他们大学时代的最后一支舞了，丢人也就丢这一回了。

　　"走吧！"

　　于宇阳跟在莫凯睿身后，想起在网上看过的一句话："问世间情为何物，不过一物降一物。"

　　而把他降住的"始作俑者"徐小小，看到两个大帅哥如愿走过来，屁颠颠组织起跳舞的同学们。

　　明明只要后面同学搭着前面同学的肩膀排成长龙就可以了，在徐小小的"匠心独运"下，硬是组成了两支兔子舞队。一支以她为首排成长龙往前跳，于宇阳面对她牵着她的双手跳后退的舞步，另一边则是以莫凯睿和沈晨曦为首。

徐小小的"创意"安排果然起了效果，虽然手牵手只是舞蹈要求，但沈晨曦控制不住地心跳加速，手心也微微冒出了细汗。

"莫凯睿，你待会儿往后跳的时候，注意别摔着了！"

"嗯！"莫凯睿看着面带红霞，还忍不住关心他的沈晨曦，不禁有点儿想笑。这丫头和刚才没心没肺的样子简直判若两人，终于懂得关心他了。不错，有进步！

看着莫凯睿缓和的脸色，还有嘴角不经意的笑，沈晨曦此刻的心情就像那天露营时山洞里的萤火星空，瞬间把黑暗都驱散了。

她抓着莫凯睿的手握得更紧了。

刚刚徐小小说要和她比赛，谁的队伍先跳散谁就是失败者！

哼，谁怕谁！有莫凯睿领头，她这个舞痴不见得会输给徐小小！

背景音乐响起，两队队员都用手搭着前面人的肩，步调一致地开始跳舞。沈晨曦一边瞟徐小小那队，一边给自己打着拍子。

"放轻松，跟着节奏来。"莫凯睿低着头轻柔地对她微笑道。

这句话好像有魔力一般，沈晨曦的舞步不再僵硬，反而变得轻快起来，她也全身心投入到舞蹈的气氛中，跳得酣畅淋漓。

享受了没一会儿，队伍里传来起哄的调笑声，一波一波都快盖过音乐了。沈晨曦转头一看，妈呀！刚刚还跳得起劲的徐小小，此时趁音乐停顿的间隙，一把搂住于宇阳的脖子，来了一记香吻。从她的角度看过去，于宇阳似乎在回应那个吻。音乐再次响了起来，两人还吻得那么忘我。后面

211

的同学也都静立不动，兴趣盎然地看着他们。

好羞耻！不过……还挺浪漫的。

沈晨曦莫名有点儿发晕，回过头来看向莫凯睿，发现他正目光灼灼地盯着自己。似是受到鼓励一般，沈晨曦踮起脚向莫凯睿靠近。

在离他的唇不到一厘米时，"砰"，她一个趔趄头顶撞到他的下巴，身子往他怀里栽倒。

"沈晨曦，你是猪吗？"莫凯睿揉着被磕痛的下巴，眉心紧紧蹙起。

"呜呜……"沈晨曦咬住嘴唇，恨不得找个地缝钻进去。

有没有人来告诉她，这些都是幻觉！她是跟莫凯睿的下巴有仇吗？不到一个小时撞了两次，还是在这么浪漫、这么关键的时刻！还好他的下巴是原装的，不然早就被她撞歪了。

刚刚还在看现场直播吻戏的同学们，此时全被莫凯睿的这声怒吼吸引了过来。

徐小小从热吻中回过神来。

完了完了，表哥这次是真的生气了。

舞会结束，天文协会的小伙伴们来找莫凯睿吃散伙饭。

"表哥！"看莫凯睿还冷着一张脸，徐小小赶紧打圆场，"过两天你们就要离开学校了，今儿就给我们这些学弟学妹赏个脸，咱们去吃一顿丰盛的大餐，好好叙叙同学情吧！"

说完，她朝沈晨曦眨眨眼睛，示意她跟上。

沈晨曦会意，尴尬地一笑，待会儿再也不能出幺蛾子了。

莫凯睿面无表情地点点头。

一行人走到离学校不远的公园，有几个同学早等在那里，勤快地烤着烧烤。

原来，徐小小所谓的大餐，就是吃烧烤啊！沈晨曦捂着饥肠辘辘的肚子，跟着大伙在草地上围成一个圈，中规中矩地坐好。

舞会上吃的西瓜早就化成汗排出了体外，沈晨曦此刻肚子空空如也。再加上香气扑鼻的烤串一撩拨，她的胃在无声地叫嚣着："我好饿，我好饿！"

不过，有莫凯睿在，她还真不敢太放肆。刚刚两次误伤他，让他在大庭广众下出丑，这次要是再一副饿死鬼投胎的样子，估计他连掐死她的心都有了。

所以不管旁边徐小小怎么戳她，沈晨曦都纹丝不动，静若处子地坐在草地上装淑女。

徐小小看沈晨曦被表哥吓得像不敢说话的小白兔，小心翼翼地调节气氛："我们来玩真心话大冒险吧！"

小伙伴们纷纷点头称好。

沈晨曦却感觉有一盆冰水浇在脑袋上，浑身凉凉的。说好的吃大餐呢，怎么玩起游戏来了？就算要玩游戏，也要先把肚子填饱啊！民以食为天，懂不懂！

这徐小小，脑袋装浆糊了。

"先吃烧烤吧，冷了就不好吃了。"莫凯睿看对面的沈晨曦一脸饿得脱力的傻样，有点儿于心不忍。

"学长说得对，吃饱了咱们再好好玩。"一旁的于宇阳很有眼力见儿地帮腔。

"嘻嘻……两位社长英明。"沈晨曦听到能开吃了，眼里闪着光，绿幽幽的，跟狼似的。十串烤肉下肚，她整个人重新有了精神。

徐小小看大伙吃得差不多了，从旁边捡来一个空啤酒瓶，说道："吃饱喝足，咱们可以玩真心话大冒险了吧！"

有几个目睹舞会上精彩一幕的小学弟，早就按捺不住要打探莫凯睿和沈晨曦的事了，这会儿正摩拳擦掌等着"拷问"他俩。

不过，显然他们要失望了。

作为天文社的前老大，莫凯睿的人品今天好到爆表。啤酒瓶转来转去，就是转不到他那个方向。至于沈晨曦，啤酒瓶每次快靠近她的时候，总是一偏偏到了隔壁徐小小的位置。

徐小小也不扭捏，回回选择真心话。从"初吻几岁""交了几个男朋友"到"穿什么颜色的内衣"等百无禁忌的话题，知无不言，言无不尽。

眼看于宇阳脸上的笑意快要挂不住了，莫凯睿拿过啤酒瓶轻轻一转，转到了于宇阳的位置。

"于宇阳，你选择真心话，还是大冒险？"莫凯睿挑眉询问。

"真心话！"于宇阳闷声回答。瞎子都看得出来，学长这是要给自家表妹打圆场。他这个新上任的男朋友，如果表现得太小家子气，也太没有男子汉气度了。

"你是什么时候喜欢上小小的？"

正在喝水的沈晨曦差点儿喷出来。这莫凯睿平时看着酷酷的，原来私底下这么八卦。

于宇阳显然也没想到莫凯睿会问这样的问题。他挠着头发"嗯"了半天，没说出一个字。

徐小小急了，不顾现场十几双眼睛看着，大大咧咧地追问："嗯什么嗯？我也很想知道，你是什么时候喜欢上我的？"

沈晨曦忍笑忍得脸抽筋，这姑娘到底懂不懂什么叫矜持啊！

再看看于宇阳，平时那么一个清冷高傲的人，此时脸憋得通红，憋出一句话："第一次见面，你不怕被讹代我去扶那个老人的时候……"

"哦！"虽然不知道到底发生了什么事，但在坐的小伙伴们都同时发出了低低的哄笑声。原来他们社长第一次见面就喜欢上徐小小了，果然藏得很深哟！

无意中被表白的徐小小死死抱着沈晨曦，笑得花枝乱颤。

沈晨曦接连看了两场秀恩爱的戏码，心里不由感慨，你们可真会玩！

轮到于宇阳转瓶子。徐小小和他的眼神在空中一交汇，他立马笑得像只狐狸。学长，对不起了，我真的没有想要"报复"你，是你的好妹妹为

你的恋爱大业操碎了心。

啤酒瓶在空地上旋转，沈晨曦低眉顺眼、屏声静气，唯恐一个动作大了，会影响到那个该死的瓶子。

真心话、大冒险，她一个都不想玩，她只想做个看戏的围观群众。

啤酒瓶在莫凯睿方位停下来的时候，沈晨曦深深地吁了口气，随手拿起身边没啃完的烤串，继续当看戏群众。

"我选择大冒险。"莫凯睿清冷的声音远远地传过来时，沈晨曦吃烤串的动作微微停顿了一下。

好像有点儿小失望呢！难道潜意识里，她在期待莫凯睿当众对她表白心意？

沈晨曦胡乱地摇摇头，挥去脑海中这些奇怪的念头，继续啃着手里的烤串。

大冒险？他们会让莫凯睿干什么呢？听说这厮任天文社社长时，没少苛责社里的小伙伴。这次中招，人家不狠狠"报复"回来才怪。

一想到不可一世的莫凯睿被整得很惨一脸吃瘪的表情，她就忍不住想哈哈大笑。

"表哥，罚你和晨曦姐面对面吃完一块抹蒜末的臭豆腐！"

什么鬼！要受罚的是莫凯睿，关她什么事？

她只是一个围观群众啊，还有不是烧烤聚会吗？这臭豆腐又是打哪儿来的，她平生最讨厌的就是臭豆腐和芥末，徐小小这家伙是在整她吗？

沈晨曦真恨不得用手中吃剩的烤串堵住徐小小的嘴。

她还没来得及抗议，小伙伴们已经开始起哄："吃臭豆腐，吃臭豆腐！"

此时，于宇阳气喘吁吁地端着一碗臭豆腐跑来："快吃吧！刚在外面小摊买的，新鲜出锅的。"

沈晨曦甩他一记白眼，你这个被爱情冲昏头脑的傻瓜，徐小小的"帮凶"，哼！

"委屈你一下。"不等她在心里把于宇阳千刀万剐完，莫凯睿已夹着一块臭豆腐走到她面前。他微微低下头，两人近得她能看到他下巴上细碎的胡楂。沈晨曦只觉得嘴唇一凉，一股气流过来，她只咬了一小口的臭豆腐，大半被莫凯睿卷进嘴巴里。

他的动作十分迅速，但还是不小心碰到了她的嘴唇，呛人的臭味和芥末味一股脑涌入她的口腔，沈晨曦下意识地拿手去擦。

莫凯睿以为她是嫌弃他的吻，掏出帕子面无表情地给她擦着嘴，一双亮如星辰的眸子里带着喷薄而出的怒意。

旁边看热闹的人感觉到气氛不对，纷纷作鸟兽散。

沈晨曦欲哭无泪，她就是传说中的爱情终结者吧！

瞧今天这一桩桩的，本来可以很浪漫、很美好，偏偏都被她这个傻瓜生生破坏了。

唉，连常常受她鄙视的徐小小，都搞定了于宇阳。今后，她还有什么

脸面再当她的师父呀！

还有莫凯睿，他恐怕不会再理她了。

离校前一天。

沈晨曦顶着一张忧伤的脸，在食堂大口大口地吸着可乐。

真是个伤感的季节啊！

明天她就要离开这个胡吃海喝四年的地方了，还真有点儿舍不得呢！

今天是最后一天用饭卡的日子，食堂阿姨看她一脸生无可恋的可怜样儿，贴心地给她选了个肉最多的鸡腿，还给她舀了一勺比平时分量多一倍的米饭。

沈晨曦戳戳香气四溢的大鸡腿，一点儿食欲也没有，如果莫凯睿能陪她一起吃饭该有多好！

今天过后，天南海北，他们就要各奔东西，成为彼此生命中的路人了，就算不能当恋人，也可以做朋友嘛！沈晨曦坐在人群熙攘的食堂里，心里涌现出从未有过的悲壮之情。

"晨曦姐！"正当她伤春悲秋正起劲时，徐小小拉着于宇阳坐到了她对面的位子上。

这两人自从成为男女朋友后，就跟连体婴似的寸步不离。

昨天还听说于宇阳带徐小小去上了他的专业课，课上点名被老师发现多了一个人，于宇阳就当着全班的面，大方承认徐小小是他的女朋友。

218

虽然，A大并不排斥学生谈恋爱，但也不用这么高调秀恩爱吧，还模仿电视剧的桥段带女朋友去上课。他们新闻系的课，徐小小一个动画设计专业的能听得懂吗？

哼！秀恩爱可耻！

"晨曦姐，你大早上吃鸡腿饭，不怕发胖吗？"徐小小真是哪壶不开提哪壶。

沈晨曦瞥了一眼对面的情侣套餐，冷哼了一声："你管我！"

徐小小也不恼，嘻嘻笑道："虽然你和我表哥有缘无分，但你是我师父呀！一日为师，终身为……姐，放心吧，我不会抛弃你不管的。"

沈晨曦没好气地瞪一眼憋笑的于宇阳，双手环胸假笑着追问："哦，那你打算怎么个管法呀？"

徐小小将手上的豆浆喂给于宇阳一口，故作老成地回道："当你的爱情军师啊！今时不同往日，现在我有恋爱实战经验了，一定帮你在茫茫人海中觅个白马王子。"

沈晨曦一口老血差点儿喷出来。

这么无耻的话，果然只有徐小小这种厚脸皮才说得出。

"爱情军师就不必了。我只拜托你们，以后秀恩爱最好选择在中午。"

"为什么啊？"徐小小瞪大了眼睛，不耻下问。

沈晨曦淡淡地看了她一眼，笑得很诡异，说道："因为……早晚会有

报应。"

"噗！"

于宇阳还没来得及吞下的豆浆全喷了出来。

这两个活宝，都让他和莫学长遇上了，真不知是福是祸。

"于宇阳！请注意你的形象！"沈晨曦大喊。虽然她反应快躲到了一边，但左手臂还是沾到了几滴带着于宇阳口水的豆浆汁。

啧啧……这个中文系的冷漠才子，什么时候连帅哥包袱也丢了。

近墨者黑啊，徐小小，你跟莫凯睿一样都是祸水！沈晨曦在心里狠狠地吐槽。

"学姐，抱歉！失礼了！"于宇阳浅笑着看向她，"其实我和小小今天是专门来食堂找你的。"说完，他给小小使了个眼色。

徐小小接收到信号，连连点头："晨曦姐，我们来是想告诉你，刚刚宇阳他们系的系花去表哥寝……"

她的话还没说完，眼前人就不见了。

看着沈晨曦飞奔离去的背影，徐小小和于宇阳相视一笑。

对沈晨曦这种动不动就缩进龟壳的家伙，果然还是得下猛药才管用。

"莫凯睿！"沈晨曦气喘吁吁地闯进莫凯睿宿舍时，居然看到他光着上身一个人在寝室。而浴室里，传来稀里哗啦的水声。

沈晨曦半边身子都僵硬了。她脑海里自动描绘出闯进来之前的画面——校园安静的清晨，人烟稀少的毕业生寝室，莫凯睿和中文系系花，孤男寡女，共处一室……

"不要脸！"

莫凯睿看到沈晨曦突然出现在寝室的那刻，心里有些微微的喜悦，但意识到自己赤着上身被她撞见时，又有些小小的尴尬。他正想问她特意来寝室找他有什么事时，触目所及却是她"凉飕飕"凌迟他的眼神。

这一大早上的，他又怎么惹怒她了？

"沈晨曦，我怎么不要脸了？你给我说清楚。"

"哼！你就是个表里不一的花心男，我是瞎了眼才会看上你……"不给莫凯睿插嘴的机会，沈晨曦上来就是一顿劈头盖脸的臭骂。

临走前，她还冲着浴室方向，假惺惺地笑道："谢谢系花，收了莫凯睿这个花心男，为民除害了！"说完头也不回地跑掉了。

系花？

莫凯睿一头雾水，呆愣在原地。

沉下脸思索片刻，果断拨通徐小小的电话。

"表哥！"某个不知大难临头的小妮子，还在不知死活地甜甜地笑。

"徐小小，你今天不跟我说清楚系花是怎么回事，小心你的皮！"

电话那边，徐小小不禁打了个寒战。难道她那招没用，晨曦姐又惹表哥生气了？

这个语气……真的好可怕！

"那什么……今天早上有个系花去你们寝室找人，我随口跟晨曦姐提了一下，她自己听错了，以为那系花是找你的，招呼都没打一声就走了。"徐小小尴尬地轻咳一声，"表哥，这事真不能怪我，要怪只能怪晨曦姐太在乎你了……"

徐小小还想再解释，那边已经挂断了电话。

莫凯睿站在晨光里，微微失神。刚刚好像是有一个女孩来过他们寝室，可待了不到一分钟就离开了。

想到小脸被气得通红的沈晨曦一脸哀怨地指责他"负心薄幸"，他就哭笑不得。

唉，他怎么会喜欢上这么一个傻姑娘？

狠狠踢着路边的小石子，沈晨曦脑海里不停地浮现出"莫凯睿是花心男"六个字。

散伙饭上，向来滴酒不沾的她，在别人一句"巾帼不让须眉"的客气话中，豪气干云地干掉一整杯啤酒。

一杯啤酒下肚，沈晨曦已经步履摇摆，她直接爬到桌子上，不管不顾地大喊大叫。

这次聚餐选在学校外的小馆子里，四周都是A大的同学。沈晨曦这一叫嚷，同学们纷纷认出她就是与莫凯睿上校榜头条的女主角，就连隔壁馆子的老板娘，都知道了她的"辉煌事迹"。

沈晨曦寝室的几个人手忙脚乱地去拉她，都被她用蛮力推开了。

她们寝室一直有条寝规——坚决杜绝沈晨曦喝酒。沈晨曦外号"一杯倒"，酒品不是一般的差。一喝酒，就跟大力水手吃了菠菜一样，力大无穷，谁都制不住她。为了保证寝室人的安危，她们一般都是时刻提防她沾酒的。今天也不知怎么回事，一个不注意，她已经醉成这个样子了。

一片混乱声中，寝室长拿着沈晨曦的手机，打开通讯录，飞速找到莫凯睿的名字。

"沈晨曦？"

"喂，是莫凯睿吗？我是沈晨曦室友，我们在学校外面的小吃街吃散伙饭，晨曦她喝醉了……"

"我马上来，你撑着点儿！"

正在学校高档餐厅聚餐的计算机精英班的学子们，看到莫凯睿接了一个电话，留下一句"我有事先走，你们慢慢吃"就消失不见，彻底蒙了。

莫凯睿赶到时，沈晨曦正站在桌上开"演唱会"。底下围观的同学越来越多，还有几个看热闹不嫌事大的大一新生在下面叫好，一副要点歌的架势。

有人捧场，沈晨曦唱得更卖力了，一口气来了个金曲串烧。

莫凯睿听着她不着调的歌声，眉头皱得更紧了。他刚刚靠近小餐馆就引起了一阵骚动。

这个高大英俊的极品帅哥，不就是校榜头条的绯闻男主角吗？

呵呵……这出戏越来越精彩了。

莫凯睿和寝室长对看一眼，微微致意，然后径直走向沈晨曦。沈晨曦站在桌子上，正唱得兴起，迷迷糊糊看到前方有一个熟悉的身影朝她走了过来。她身子微微侧了侧，差点儿从桌子上栽下来。

莫凯睿一个箭步奔过去，朝她伸开双臂，温柔地哄道："沈晨曦，你下来，我送你回寝室。"

沈晨曦喝得神志不清，哪里听得进他说的话，疯疯癫癫地站在桌子上转圈。

莫凯睿头疼地用双手护着桌子周围，生怕她一个不小心栽下来，摔坏了脑袋。

"莫凯睿，我们几个人一起，合力把她拉下来吧！"此时，寝室长走上前来建议道。

"莫凯睿……莫凯睿就是个花心男……"听到莫凯睿的名字，沈晨曦变得激动了，站在桌子上无声地流着眼泪。

莫凯睿见状去拉她的手，被她哼哼唧唧地甩开。

"沈晨曦，不要再闹了！"他情急之下大吼了一声。

沈晨曦定定地看着他，安静了。

莫凯睿再去抓她的手，抓到手腕时被她猛地一拉，搂住脖子强吻了！

围观同学看得热血沸腾，纷纷用手机记录下了这历史性的一刻。

第二天早上，沈晨曦头痛欲裂地醒过来。

徐小小正坐在她的床边，贼笑地看着她。

沈晨曦被徐小小看得浑身不自在，一把推开她那张脸，艰难地边起床，边说："一大早又来我寝室干什么？据我所知，大一的课不轻松吧，怎么单单你这么闲？"

"我不闲啊，我是奉命来给晨曦姐送醒酒茶的。"

"醒酒茶？"

对了，她昨晚好像在散伙饭上喝酒了。

不过，徐小小怎么知道她喝酒了？她们班的聚会好像没有请她吧？难道……

沈晨曦质问的目光"唰"地射向一旁含笑不语的寝室长。

寝室长耸耸肩，不承认也不否认。

徐小小俏皮一笑，道："晨曦姐，你就不问问，我是奉谁的命令来给你送醒酒茶的？"

沈晨曦的心怦怦直跳，能支使动徐小小的，除了她那个表哥，还能有谁？

"恭喜晨曦姐，你猜对了，就是我表哥让我来给你送醒酒茶的。"徐小小看到她微微泛红的脸色，心里偷偷地笑：晨曦姐，让你脸红的还在后面呢！

225

"我不喝！你拿回去吧！"

想起莫凯睿和那个系花，沈晨曦就只想呕，那个花心男碰过的东西，她才不稀罕喝呢！

徐小小看她言辞坚决，平日里一张笑得像朵太阳花的笑脸变成了苦瓜脸，憋不住继续使坏："明明昨晚还强吻我表哥来着，怎么一觉醒来就翻脸不认人！"

果然，听了这句话，沈晨曦很没出息地脚一软。

"谁强吻你表哥了？徐小小，你不要乱说！"

其实昨晚一杯酒下肚后，她什么都记不起来了，连宿舍是怎么回的都没有印象。

不过，她酒品虽差，但还不至于做出在大庭广众下强吻男生的事情来吧！

如果真是这样，那她丢人丢大了，堪称A大历史上最生猛的女汉子。

"喏，你自己看——"徐小小把手机递给她，一脸的遗憾，"真可惜，昨晚我不在现场。好在有人拍到了，而且是360度无死角高清哟！"

沈晨曦看到"省墨夫妇激吻视频"的雷人标题，不由自主地哆嗦了一下，手指颤颤巍巍地点开视频……

她正搂着莫凯睿忘我地激吻，旁边嘈杂的人群一个劲儿地喝彩叫好。镜头晃过去，餐馆老板娘也跑来凑热闹，拿手机"咔嚓咔嚓"地拍了好几张照。

沈晨曦两眼发黑，急得上蹿下跳。

"你们这些没良心的，怎么不早告诉我？"她嘴里骂骂咧咧，手却一刻不停地匆忙收拾着行李。

还好，今天是在A大的最后一天了。

不行，她得赶紧走。这视频要是传得全校皆知，她就真的没脸见人了。

沈晨曦欲哭无泪，拖着行李飞奔到寝室楼下时，莫凯睿正倚在宿舍楼前的香樟树上，含笑看着她。

不用说，肯定又是徐小小这个"叛徒"报的信。

沈晨曦拖着行李，装作没看见他，低眉顺眼地往前走，路过莫凯睿身边时，被他抓住了手腕："去哪里？"

沈晨曦很想回他一句，关你什么事！但一想到那个视频，底气瞬间消失得无影无踪。他花心在先是他不对，但他又不是她的男朋友，她好像没有任何立场可以责怪他。

再说了，她昨晚还趁醉强吻了他……

"回家！麻烦你让让，我急着赶火车……"

莫凯睿不松手，问道："不是买了去杭州的票吗？"

沈晨曦跳起来，惊诧地道："你怎么知道？"

"因为我也要去杭州。"莫凯睿握紧她的手，不紧不慢地继续说道，"昨天中文系系花确实来过我们寝室，但她不是来找我的，而是找别的男

227

生的。"

"那在浴室里洗澡的是谁？"沈晨曦生气地盯着他，别以为草草几句话就能把她打发了。既然他想解释，那就一次性把话说清楚。

"浴室里洗澡的，不是系花，是我的室友……"

呜！为什么一碰到莫凯睿的事，她的智商就直线下降，连"莫凯睿和系花有不正当关系"这种离奇剧情，她都能想得出来？沈晨曦在心里暗自低号。

"你还要去哪里？"明明误会都已经说清楚了，沈晨曦还是拖着行李往校门口奔。

"我要回家静静，修补一下智商。"沈晨曦哼哼唧唧，她已经够丢脸了，就不要再强留她在这里丢人了好吗？

莫凯睿好笑，看着她脸红想遁走的模样，忍不住逗她："回家可以，先对我负责。"

"负责？"沈晨曦满脸写着"你逗我呢"。

莫凯睿忽然走近，笑得灿烂无比："喏，你把我的嘴巴都吻肿了，难道还想逃之夭夭，置我这个'受害者'不顾？"

"我……"沈晨曦彻底说不出话来了。

刚刚她只顾着跟莫凯睿斗嘴，没有注意到他的嘴，现在一看，还真是有点儿惨烈！原本的薄唇，现在微微肿起，上面还隐约可以看到牙印。

原来，她喝醉酒这么粗鲁啊！

啊啊啊，不活了！

沈晨曦低着头娇羞得无地自容。

莫凯睿看着她跺脚的羞愤模样，嘴角勾起一抹笑。

"听话，我们过好在A大的最后一天，晚上再一起坐车去杭州！"莫凯睿把她轻轻搂到怀里，语含笑意地替她做着决定。

沈晨曦羞红着脸靠在他胸前，听着他急促的心跳，心思早已飘到九霄云外。这个莫凯睿，其实一直都喜欢着她吧！还说什么要她倒追他，她一提起行李要走，他就紧张得直接来堵她了。既然他都主动求和了，本姑娘就大发善心，把他收到碗里吧！

"嗯，听你的！"

听到沈晨曦低低的回应，莫凯睿嘴角的笑意扩大，搂着她的手臂收得更紧。

"沈晨曦，以后多多指教！"

不远处，看着这一幕的徐小小，笑着投进了于宇阳的怀中。

"真好，表哥和晨曦姐终于在一起了，我突然有种冲动想去写小说。"

看着徐小小已经开始在思考大纲，于宇阳又头疼了，这小妮子能不能别总想一出是一出？昨天还励志当翻译官，今天要改当作家了？嗯……客观来说，她的小脑袋里好像没什么文学细胞。

作为男朋友，当然不能打击女友的积极性，不然后果很严重。于宇阳深知这一点，所以劝导得小心翼翼："小小，你还是比较适合去论坛发发帖子。"

徐小小一怔，咧嘴一笑，问道："宇阳，你也看过我发的帖子吗？是不是才华横溢、文采斐然？"

"是的，不错！"

徐小小笑得更得意了。

于宇阳话锋一转："再修炼个十年八年，成为十八线言情小说家肯定没问题。"

徐小小挥舞着拳头："于宇阳，有种你别跑，看我不打死你！"

番外

原　来　是　"　师　母　"　呀

杭州。

某杂志社。

沈晨曦看了一眼落地窗外阴雨蒙蒙的天空，掏出手机按下简短的几个字：“下雨，勿接，自回。”

很快，信息栏收到更简短的两个字：“等我！”

沈晨曦想象电话那边的人编信息时咬牙切齿的样子，不禁微微有些失笑。

下班时，编辑部新来的小姑娘好奇地跑来，说道：“晨曦姐，门口有个好帅好帅的帅哥，似乎是等你的，我看他盯着你瞧了好久了。”

沈晨曦抬头看向窗外，莫凯睿穿着剪裁合体的西装，撑着她在网上淘的粉红色小花伞，看到她的视线瞟过去，远远地伸出两根手指，比了个“走”的手势。

灰蒙蒙的雨幕中，他的样子显得有点儿滑稽，又格外清爽逼人。

沈晨曦抓紧整理好手中的文件，然后背起包走出办公室。刚走出门口，她就被莫凯睿一把拉进怀里："下次买把大点为的伞吧，你看我都被淋湿了。"

　　语气里竟然有几分撒娇的意味。

　　沈晨曦仰首看去，可不是嘛，他的半边肩膀都被打湿了。可是，能怪谁呢？明明给他买了男生专用的大黑伞，与他的西装也很配，可他偏偏要征用她的小红伞。

　　她微微侧了侧身，想给他多留点儿伞下的空间。莫凯睿察觉到，把她更紧地搂进怀里。

　　"夫人的好意我心领了。"他瞥了眼她单薄的套裙，"为夫淋湿了不要紧，夫人走光了就不好了。"

　　这人，当了网游程序员后，"夫人""为夫"说得可溜了。可她就是觉得肉麻。

　　沈晨曦五指并拢，双手做磨刀状："你说话正常点儿！"

　　莫凯睿愉快地笑出声："亲爱的，我们打的回去吧！"

　　"好！"

　　平常都是一起坐公交车回家的，和他坐在最后一排，看着杭城迷人的夜色，是沈晨曦觉得最浪漫、最满足的事。

　　今天他淋雨了，回去得好好洗个热水澡，还要煮上一锅姜汤祛祛寒才行。

　　一上的士，沈晨曦就开始扒身旁人的衣服。

虽然还只是初秋，气温不是特别低，但是衣服湿嗒嗒的，这么穿在身上，不感冒才怪。

莫凯睿抓住她乱动的小手，靠近她轻声耳语："夫人想干吗，司机大哥还在呢！"

她的余光往前瞥过去，司机大哥眼观鼻、鼻观心，正竖着耳朵听后面的动静。

沈晨曦小脸通红，收回手拍了莫凯睿一下，吩咐道："把外面的西装脱了，都湿了。"

停顿了五秒，她又转头小声地跟司机说："司机大哥，麻烦你开下空调。"

司机大哥识相地坐直身子，开了空调，目不斜视地开着车。

"都说了不用来接我，前段时间高烧刚好，又熬了几个通宵工作，身体不想要了。"沈晨曦有些生气。

莫凯睿拉过她的手，举起放在自己唇边亲了一下："给我充下电！我就有满格能量了！"他眉眼弯弯，接着在她的额头上轻轻一吻，"电量恢复50%。"

沈晨曦一阵眩晕，余光再次瞥到后视镜里司机大哥那张含笑的脸。

"莫凯睿……"抗议的话还没说出口，莫凯睿修长的手伸过来，抬起她的下巴，飞快地在她唇上啄了一口，"电量恢复100%。"

沈晨曦嗔怪，这人还能再肉麻点儿吗？

上次去西湖边玩，她穿着新买的高跟鞋，脚被磨破了点儿皮，他硬是不准她再走路，全程抱着她转完了整个西湖，害得她一路上都在接受别人的注目礼。

还有上上次，他竟然故意把她的钥匙藏起来，让她去他们公司找他。那天是他们公司的庆功会，老板问他这个功臣想要什么，他说"以后我开发的游戏都以我女朋友的名字命名"。

还有上上上次，她终于忍不住进了他的暗房。每次，他在里面一待就是几小时，还不准她进去。原来，他在那里洗照片，露营观星、去晟通实习、她脚伤他载她上班……他们认识的每个细节，都被拍成了照片，存留了下来。

就连她一直遗憾没陪他去的"光绘跑"，他也在杭州找到了活动团队，在她生日那天带她去参加了。这次他给她定制的是一套心形闪光裙，在夜跑队伍中闪亮得像个公主。

还有，她现在会骑自行车了，还加入了山地越野自行车爱好者团队，偶尔去全国各地参加比赛。

虽然他还是一如既往地高傲腹黑，不过她不得不承认，她好像越来越喜欢他了。

阔别一年，两人再次回到A大。

和徐小小、于宇阳他们小聚后，沈晨曦脑子抽风，拉着莫凯睿去了去年那个商场，说要玩抓娃娃机。

她到现在还记得莫凯睿陪着那个小女生抓娃娃时温柔的神色。每次想

起来心里还是百爪挠心一样不舒服。

当时他对她多坏啊，却对别的女生那么温柔……

莫凯睿瞟了一眼把娃娃机当仇人一样折腾的某人，显然也想到了那天的事。

"咳，晨曦，娃娃机不是这么玩的。"他的语气小心翼翼。

"哦，那该怎么玩呢？"某人的眼刀扫过来。

莫凯睿后背一凉，正要上前做示范。

"很简单啊，就是快速360度转动游戏杆，夹子旋转摆动，角度就会发生变化，等夹子停止晃动，就可以抓了。莫哥哥，你说我说得对不对？"

莫凯睿眼角抽搐，回过身来看着面前俏生生的小姑娘，尴尬地道："小涵，真巧啊，你还是那么喜欢玩抓娃娃啊！"

"是啊是啊，不过没有你陪我一起玩的时候有趣了。"说着，小姑娘挽住他的胳膊，幸灾乐祸地看向沈晨曦。

沈晨曦冷冷地瞥了她一眼，很好，说曹操曹操到。一年不见，小妹妹的撒娇功力与日俱增啊！上次给她上的是"关爱生命，远离色狼"的女性自我保护课，看来今天要给她上一堂"不要纠缠别人男朋友"的思想品德课了。

身处风暴中心的莫凯睿，很识相地保持沉默。说实话，看到沈晨曦为自己吃醋，这种感觉还挺美妙的。不过，小涵也不是省油的灯，这小妮子调皮起来就是一个小恶魔。

两只小野猫相斗，受害的是他这个中间人啊！

莫凯睿在心里默默打算好，待会儿看一会儿好戏，就瞄准时机将小涵支走。他和沈晨曦还有更重要的事要做呢，可不能让她这个意外之客破坏了他的计划。

　　战火一触即发。

　　沈晨曦一把拉回莫凯睿，与他十指交叉相握："小妹妹，你的莫哥哥现在是我的男朋友！"

　　"我知道，可我不介意！"

　　"老师没教你，女孩子要懂得矜持，才会有人喜欢吗？"

　　"可莫哥哥就是喜欢我啊！他说我很有个性，又单纯善良……"小涵扳着指头一本正经地数着莫凯睿对她的肯定。

　　沈晨曦的脸色越来越黑，手肘往后一撞，准确无误地打在某人的肚子上，疼得他踉跄了几步。

　　"你还小，莫哥哥说的那些，是对你的欣赏，并不是喜欢哦。"硬的不行，只能来软的了。

　　"哦，那莫哥哥喜欢你什么呢？"小涵小魔女战斗力不容小觑。

　　"才华！"沈晨曦脸不红心不跳。

　　莫凯睿终于忍不住笑出声来。

　　沈晨曦不满地瞪他一眼，她说错了吗？他当初难道不是看到她在研究星座血型方面的才华，对她刮目相看的吗？

　　"好吧，我认输了。"小涵摊摊手，"也确实只有你这种厚脸皮的女生，才配得上我这个自恋狂莫老师。"说着，小涵学古装剧里的人举手作

揖道，"师母，承让了！"随后一挥手潇洒地走了。

师母？什么情况？

看她一脸茫然，莫凯睿笑得更欢快了："小涵是我大四做家教时的学生，小妮子喜欢玩娃娃机无心学习。那天，我骗她妈妈说带她去上社会实践课，然后教她玩了一下午的娃娃机。"

沈晨曦还准备了一肚子对付这个"小情敌"的话，却被她一句"师母"化解了。

气死她了！

沈晨曦对某人一直把她蒙在鼓里的"恶行"表示很不满："连我都敢骗，你死定了！"她气呼呼地跑去给莫凯睿买了十个甜筒。哼，就让你拉肚子拉到虚脱！

回头却不见莫凯睿的人影。

一个可爱的小女孩把她牵到娃娃机前，莫凯睿穿着很大的玩偶装站在机子里面，拿着鲜花朝她挥手！

记忆馆、扶花苑，PK出租啦！

有个地方叫迷迭香记忆馆，它乃一家出售、寄卖回忆的神秘之所，这里有冷漠帅气的馆主、甜美可爱的店员、妖孽毒舌的"网红"、温柔多情的白领……

有个地方叫扶花苑，常年花开，四季如春，千年镇宅脊兽四面守护，这里有款式多样、性格各异的美少年、也有热辣俏皮的武侠少女……

记忆馆和扶花苑，美景、美食、美少年、美少女，应有尽有，那么问题来了，现在两家都有房出租，谁家更容易租出去呢? 现在，让我们来进行PK吧!

☆居住环境PK

记忆馆主打元素——文艺小店
迷迭花香，橘黄色光芒，小资情调装修风格，印象派油画，欧式实木沙发，迷迭香雕花。梦幻的美，缓慢蓝调音乐，轻盈而优雅。

扶花苑主打元素——古风小院
汉风园林会馆式建筑，红墙黛瓦，古色古香，屋顶上排列各种脊兽。清晨细雨，淡薄阳光，蝴蝶在花苑内飞舞，空气舒适且清新。

☆人文环境PK

记忆馆
馆长　周稷　　桃花眼，天生便比别人多一分风流，不爱笑
店员　夏云梦　甜美可爱

扶花苑
苑主　花慕晴　　喜欢种花，会擒拿术，拥有甜甜的笑容和甜甜的声音
守护者　慕安　脊兽龙太子，天真无邪，貌美如"画"

另外，住在记忆馆内的顾客，可享受售卖、存寄记忆的服务; 住在扶花苑的顾客，可享受由守护者脊兽慕安带领顾客去脊兽世界一日游的服务。两家的房子都属于高端品质房源，房间有限，名额有限! 先到先得!

绝世美男团的 "男子力" 角逐大赛

绝世美男团强势来袭
独家上演的
"男子力" 角逐大赛
现在开始!

选手1号·骑士范

姓名：安芃染

代表作：松小果《美型骑士团·星辰王女》

制服宣言：美型骑士前来觐见，星空闪耀下的骑士精神是我最大的信仰。

内容简介：

"学霸"夏小鱼最大的爱好是看参考书；最喜欢的游戏就是做参考题。

可是谁来告诉她，为什么她突然得继任什么星空守护使，还要负责守护星空城的和平？这简直是在浪费她做题的时间！

还没等她反应过来，星空守护三骑士绚丽现身——

永远欺压在她头上的全校第一天才美少年安芃染说话刻薄就算了，还敢嫌弃新任守护使？

天使般的可爱"正太"樱寻狐岛竟然足足有三百岁，结果莫名其妙地被抓走？

拥有奇特思维的"酷炫"系不良少年息九桐暮姗姗来迟，怎么是"吃货""话唠"？

呜呜呜，为什么解除骑士魔咒的办法是星空守护使的祝福初吻？

"学霸"少女的日常生活完全混乱啦！

选手2号·科研范

姓名：北祁一

代表作：艾可乐 "星座公寓"系列 **《绝版双子座拍档》**

制服宣言：进击吧，双子怪君，你可是穿白大褂最好看的科学家！

内容简介：

名门大小姐项甜甜来到爱丽丝学院后，一心想摆脱社交障碍，交到朋友，却无意中成为桔梗公寓怪异美少年北祁一最配合的实验伙伴。

蟑螂的绝地反击、疯狂太空舱考验，呜呜呜……实验过程真的好痛苦！但是为了维持和北祁一之间珍贵的友情，项甜甜告诉自己一定要忍耐、忍耐、再忍耐！

友情持续发酵，逐渐散发出了恋爱的香甜气息，项甜甜快要沦陷了。

可是，就在她被北祁一的温柔打动，准备告白的时候，才知道北祁一竟然一直在欺骗她，他根本就不想和她做朋友，而只是……

北祁一！准备接受真心的惩罚吧！

两大占卜高手测算"不幸"预言，

鬼才双子对决内向摩羯，最不搭配星座"囧萌"相遇，将带你领略爆笑巅峰的浪漫恋情。

选手3号·王子范

姓名：阿普杜拉·斯坦尼·诺夫拉斯

代表作：艾可乐 **《我家王子美如画》**

制服宣言：除了我这种真正的王子，还有谁能穿出这种王子范！

内容简介：

存在感微弱的"透明"少女苏苹果，某天竟然从樱花许愿树下"挖"出了一名貌美如"画"的王子殿下！

哈哈，难道是她撞上绝世大好运了吗？

不，樱花王子只有颜值，智商却严重"掉线"，"撩"妹不自知，送礼送心跳……

苏苹果最后悔答应帮他完成秘密任务了！

可狡猾如狐的路易王子、傲慢的贵族少女阿娜来势汹汹！

一个爱算计人心，一个对王子虎视眈眈，透明少女能勇敢逆袭，为她家的"蠢萌"王子抵挡住强敌吗？

奢华美色，暖心拥抱，满分微笑，浪漫甜吻——

让艾可乐带你玩转现代宫廷恋爱！

选手四号·明星范

姓名：时洛

代表作：茶茶 **《心跳薄荷之夏》**

制服宣言：拥有明星衣橱和演员的自我修养，各种范应有尽有！

内容简介：

长跑是慕小满的特长，她失去了……

孤儿院是慕小满充满回忆的地方，也快要消失了……

元气少女慕小满，为了获得拯救孤儿院的资金，忐忑地跟坏脾气的大明星时洛签下百万真人秀合约，却在与时洛的相处过程中，在这个除了颜值什么都没有的大明星身上感受到被守护的感觉，慕小满慢慢沦陷。

可是，来自时洛的堂弟时潇莫名的追求和已经成为富家千金的昔日孤儿院好友的陷害，让慕小满和时洛渐行渐远。而时洛背后，一个始料未及的来自最亲近的人的阴谋，正在慢慢浮现……

绝世美男团的"男子力"角逐 现在开始，
选择你最喜欢的选手，去买他的代表作支持他吧！

不靠谱魔盒的真心

高傲男生VS呆萌少女

看呆萌少女如何在神秘魔盒的驱使下
一步一步成功占领男生心里重要位置

一个**无所不能**的**魔盒**，
一个可以实现你全部愿望的魔盒，
如果现在能满足你的一个愿望……
你的愿望是什么？

呆萌少女林悠悠傻傻
地问：
"**魔盒魔盒**告诉我，
将要成为我**男朋友**的
那个人会是**谁?**"

校园故事女王**米米拉**
携最新**魔幻喜剧小说**
《不靠谱魔盒的真心》强势回归

抹茶星光，甜蜜年华

吱，这里是巧乐吱的开年专场！

祝大家新年快乐，新年吉祥，新年如意，新年爱吃啥就吃啥，绝对不长胖！

呃，言归正传，在新年的美好开头，大家需不需要一些慰藉心灵的"小甜品"呢？

吱吱在这里诚意推荐两款超美味的"甜品"哦！

 第一款心灵甜品：
抹茶味的清新故事

 第二款心灵甜品：
糖果味的浪漫故事

《初恋星光抹茶系》

米其林甜点师vs"吃货"冷美人
因为一块抹茶曲奇谱出的浪漫甜点独奏曲

巧克力文学代表巧乐吱
重磅推出"美食忠犬系"超满分限量组合

一间只为等待你的香气咖啡屋
一位守在原地的神秘花美男
一切都只为在璀璨星光里，再次和你相遇

《糖果色费洛蒙之恋》

糖果色的梦幻甜蜜故事
迷惑人心的韩系费洛蒙式恋歌
坚守老字号糖果店的活力少女vs集团高傲的继承人
巧克力文学掌门人巧乐吱打造超浪漫的校园恋爱物语
命中注定的夹心太妃糖之恋
奇妙的心跳邂逅

茶茶的 梦之狂想曲

清新少女文学作家 茶茶 倾情谱写
治愈少女的青春三部曲

第一乐章 ♪
《宝石少女的精灵幽梦》
萌系纯真少女搭档全能冰山王子
共同追踪逃跑的精灵
流光溢彩的宝石国度
不经意间的清新恋曲

第二乐章 ♪ 《心跳薄荷之夏》
追梦少女邂逅超级偶像
签下闪耀的百万合约
炽热青春点燃真人秀舞台
和璀璨明星擦出别样火花

第三乐章 ♪ 《琴音少女梦乐诗》
古琴菜鸟挑战音乐难题
天才乐手成奇葩搭档
千年琴灵高傲助阵
琴音少女的解谜之旅精彩上演

《你让青春暗伤成茧》

你试过那样喜欢一个人吗？
像跗骨之蛆那样，不管会被憎恶还是讨厌，都缠着他。
仿佛只要你永远不放弃，他就是属于你的。

【夏婵】

大雪过后的街道，死一般寂静。
我一个人在这样的世界，走啊，走啊……
相信走到头就会好，即使现在有诸多不幸。

【莫奈】

慈悲能填补空虚，宽恕能包容罪孽。
我们背负希望，缠在宿命织成的网里。
走轮回里的定数，每一步，不偏不倚，都是隐隐的痛。

【江淮南】

心如蚕茧·步入荆棘·爱成刀刃·宿命撕扯·一场雪祭
年少的碰撞 X 青春与岁月的煎熬 X 孤独的世界

亲爱的，你后来总会遇到一个人。在无人安慰的整个青春，那些让内心煎熬过的东西都会成为你荣光的勋章。
陌安凉手执命运之线，赠你一段逝去的旧时光！
相遇·别离·破碎·伤痛
神会给那些悲伤的灵魂，抚以安息的双眸。

《你让青春暗伤成茧》内容简介：

你曾是我触手可及的幸福，
你也是我永远触碰不到的遥远，
我们被包裹在密不透风的坟场里——
挣扎、拥抱、流泪、刺伤、离散。
你让我的青春暗伤成茧，我为你一生不再破茧成蝶。

忘·情
WANG·QING

唐家小主 著
TANG JIA XIAO ZHU

在唐家小主的新书《忘·情》中，男女主角上演了一段极为纠结的恋爱，两人既是"师徒"，又有着"宿仇"。

他为她取名"涣芷熹"，意为希望她止于离散、仇恨，只留明亮与温暖。

但他忘了，"涣虞"本身就象征着分离与欺骗。

就男主角名字的意思来看，他属于六月的"香豌豆花"。

花语：温柔的回忆、再见、分离、充满喜悦。这代表甜蜜温馨的回忆。

女主角则属于十一月的"雏菊"。

花语：开朗、天真无邪、忠诚的爱、和平。此花通常是暗恋者送的花。

看了以上介绍，大家是不是很好奇自己的诞生花花语啊?
且看小编为大家一一介绍——

一月 **"樱草"**：初恋、含羞。你深藏的热情会令人融化。

二月 **"香水紫罗兰"**：永恒的美。一位充满智慧与爱的少女。

三月 **"勿忘我"**：真爱、永不变心。代表希望与美丽。

四月 **"郁金香"**：爱的告白、幸运、永恒的祝福。代表着性感、美丽和狂野。

五月 **"三叶草"**：快乐、誓言、约定。代表着希望与幸福。

六月 **"香豌豆花"**：温柔的回忆、再见、分离、充满喜悦。

七月 **"洋苏草"**：热烈的思念。此花有种不可思议的神秘力量。

八月 **"百合花"**：伟大的爱、神圣、纯洁。此花是纯洁的象征。

九月 **"香水矢车菊"**：朴素、朴实。拥有此诞生花的人有种强烈的好奇心。

十月 **"大波斯菊"**：坚强、少女的纯真、永远快乐。此花蕴藏无尽的喜悦。

十一月 **"香豌豆花"**：开朗、天真无邪、忠诚的爱、和平。

十二月 **"风信子"**：顽固、喜悦、幸福。此花成为情侣间守节的信物。

我曾流浪在你心上

魅丽优品重磅出品

才情天后锦年倾心打造纯美爱恋

读者心目中**最纯最美**的青春时光

一扫昔日故事里的疼痛、阴霾，带你领略酸中带甜的小美好

——《我曾流浪在你心上》

她曾经骁勇无敌，单枪匹马，攻城略地，只想走进他的心里。

他干净纯粹，如山上的雪，本来是一座万年不化的冰山，却为她动了心。

阴差阳错，一场宿醉，一次意外，三年诀别。

她以为他只是她的一场妄念，因为他的决绝离开，她度过了最绝望的三年时光。

三年之后，再次重逢，他依然耀眼，身体却有了缺陷，这依然阻挡不了她燃烧了三年的爱恨。

当她准备再次朝他靠近之时，当年他离开的真相却被残酷揭开……

爱一个人要有多深刻，才能经过那么多年时光依然念念不忘？

锦年《我曾流浪在你心上》

描绘出一个酸涩却温暖，爱恨交织，悲伤尽头看见阳光的纯美青春故事。

内容简要：

一个人究竟能爱一个人多久？

从遇见骆曲白开始，她就喜欢他。

经历三年漫长的追逐战，她那一腔奋勇的倒追闹得人尽皆知、满城风雨。

他从未回应她的喜欢，也从未给过她承诺，甚至不告而别，一走就是三年。

可是再重逢时，她看见他的第一眼就知道，骆曲白是她躲不开、逃不掉的魔障。

该喜欢的，从来就改变不了。

——骆曲白，我不知道我能爱你多久，大约赌上这一生，我也没办法把你忘掉。

《那朵青春要开花》之论自带滤镜的初次相遇

某编辑： 作为《那朵青春要开花》中最早开始"发狗粮"的一对，请问你们是怎么相遇的呢？

男生视角·冯亚星：	女生视角·郭漂亮：
机场里，我正在找出口，然后呼啦啦来了一群戴着口罩、帽子，举着手牌还拿着单反相机狂奔的人。我退了两步，不小心把她撞倒了。那一刻我听到了心动的声音，特别清脆。	我是"我爱豆个站"的前线记者，辛辛苦苦就是为了拍张好图，还特意换了高配置的相机……结果使用新相机的第一天，那个智障傻愣愣站在中间不让道，我叫他让开，他还撞倒我，当时镜头就碎了！我看到镜头渣子稀里哗啦往下掉，发出来的声音脆得我心都碎了……

某编辑： 后来呢？

男生视角·冯亚星：	女生视角·郭漂亮：
后来她趴在地上看着我，眼神清澈得就像小鹿斑比。我一下子就愧疚了，立马护着她，扶她起来，跟她道歉……但她好像害羞了，红着脸就走了。	我趴地上的时候我爱豆当时就愣住了，一脸心疼地看着我。我的天，那个眼神……我的心都要碎了！心脏扑通扑通跳得好快。我想这下子我爱豆肯定要过来扶我了……结果，那个傻瓜揪着我衣领把我拎了起来，简直就像拎一只小鸡仔！那个傻瓜还拉着我不让我走，气得我都要脑充血了！浑蛋……

某编辑： 用一个词来形容一下你们的初次相遇。

男生视角·冯亚星：	女生视角·郭漂亮：
怦然心动吧！	生无可恋……

某编辑： 看来两位还是有一个相当难忘的初次相遇呢！

冯亚星脸含羞涩&郭漂亮无可奈何： 那当然啦！

慕夏 新书《那朵青春要开花》驾到

一个是古灵精怪的追星族，为爱痴狂，身陷流言之中。
一个是自闭的"中二"少女，遗世独立，封闭自己。
一个是"绝世"高手，隐瞒实力，躲躲藏藏。
深陷流言，她们要如何打破？
与众不同，是坚定自己还是放弃？
对的时间，恰好遇到，那个他是否是对的人？
请看慕夏搞怪新作《那朵青春要开花》！

春有桐花冬有雪

路过苏轻心生命中的三个少年

·魏然

——亲爱的轻心，永远不要对别人掉以轻心。

他是她年少时心底的柔软与温暖。他满载桐花而来，身披冬雪而去。他爱她至深，一辈子也忘不了。可是一辈子的羁绊，最终溃散成泥泞。

·张以时

——苏轻心啊，别哭了，别害怕。

他是苏轻心绝望时的守护神，永远装作事不关己，却又对她极尽维护。他守住了这个世界上无人知晓的秘密，永永远远地消失在那场大雨之中。

·池越城

——你真的没有爱过我吗，哪怕一点点？

池越城永远不知道，苏轻心曾对他动过情。只是动情和动心是完全不同的概念。可是，他们注定无法白头到老，即便他是唯一一个拥有过苏轻心的人。

那个重见光明的女孩，

走过下满白雪的小道，轻轻吟唱：

春有桐花，幸而你在旁。

冬有雪花，最好你在场。

林深见鹿，鹿有孤独

锦年 著

【林深小剧场】

前言： 令余南笙没想到的是，两年之后，换了新的城市、新的工作环境之后，自己竟然又落到沈郁希的"魔爪"中。一想到自己刚进报社那段"不堪回首"的日子，余南笙的心里就禁不住打了个冷战。而更令她想不到的是，她工作之后的第一个任务竟是访问刚刚从战地回来的沈郁希。

访问彩排中：

余南笙（好奇脸）：沈老师都去了哪些国家啊？（内心：这可能是一次报仇的好机会！）

沈郁希（面瘫）：很多。

余南笙（继续好奇脸）：有什么经验能和我们这些普通新闻工作者分享的？

沈郁希（继续面瘫）：没有。

余南笙（尽力掩饰尴尬）：那……沈老师，你得知自己获得最佳新闻人奖时心情是怎样的？

沈郁希：实至名归。

余南笙（微笑脸）：沈老师在做战地记者的时候遇到了什么特别的人吗？（内心：沈郁希，你一定是故意的！再不配合点，我要掀桌子了！）

沈郁希（看了一眼余南笙的表情，努力憋笑）：特别的人没有，但经常会想一个人。

余南笙（脸微红）：那有没有遇到过很危险的情况？（内心：啊，在说我吗？）

沈郁希：有啊。

余南笙：所以你这次是打算回归平淡，不再过枪林弹雨的生活了吗？

沈郁希微微一笑，直直地看着她。

沈郁希：想着如果我受伤一定有人会担心得要命，我不想再让她担心了。

余南笙（假装一本正经）：我想，网友们一定想知道，这位令沈大记者魂牵梦萦的人究竟是谁。

沈郁希（弯了弯唇角）：这个嘛……无可奉告。

余南笙：啊，沈郁希，你别跑！我还没问完呢……

沈郁希起身拿了瓶可乐，然后回了自己房间，表示并不想再进行这样毫无营养的访问。

而余南笙一怒之下，打开超市购物袋，打算把沈郁希准备晚上看球吃的零食全部消灭。

《盛爱晚夏》

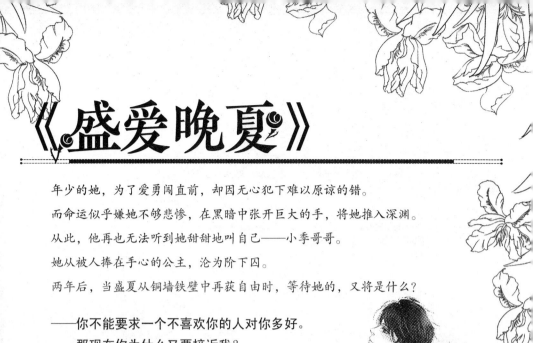

年少的她，为了爱勇闯直前，却因无心犯下难以原谅的错。

而命运似乎嫌她不够悲惨，在黑暗中张开巨大的手，将她推入深渊。

从此，他再也无法听到她甜甜地叫自己——小季哥哥。

她从被人捧在手心的公主，沦为阶下囚。

两年后，当盛夏从铜墙铁壁中再获自由时，等待她的，又将是什么？

——你不能要求一个不喜欢你的人对你多好。

——那现在你为什么又要接近我？

——因为我喜欢你。

《盛爱晚夏》
——安晴巨献"救赎"系列第二部

愿年少时所有的过错都能被原谅，

愿心中的善念才是最终结局。

那些逝去的美好或不如意，

都将在时间的长河里安睡。

这是开往夏天的车，

往后都是绿叶成荫，

繁花似锦……

守护甜心，羁绊之结

凉桃 著

本该八竿子也打不到一起的人竟然意外相识，成为**"假情侣"**。

发展到最后，**"冒牌女友"**正式上位，来了一场弄假成真的戏码。

少女的浪漫
人与妖的冒险
鲛人千年之恋的痴情
亲人间的背叛

在《守护甜心，羁绊之结》中，**凉桃**将一一为你展现！

"朝，朝向晨……"
"嗯，我在。"
"朝向晨？"
"我在。"
"向晨？"
"我在。"
"小白脸？"
"我在。
"大浑蛋？"
"我在。"

我在，我在……这次，无论你叫多少遍，我都在。我再也不会离开你了……